私立シードゥス学院

小さな紳士の名推理

高里椎奈

角川文庫
22387

Sidus Independent School

CONTENTS

CHARACTERS

弓削幸希 ゆげ・こうき

学院から学費の援助を受けて学ぶ奨学生（バーサリー）。天真爛漫な性格。

日辻理央 ひつじ・りお

一般生。家族が代々学院の卒業生。背が高く、ノーブルな性格。

獅子王琥珀 ししおう・こはく

故郷を離れ身元保証人（ガーディアン）の元から入学した越境生（ウォード）。真面目な性格。

天堂 てんどう

私立シードゥス学院《青寮（カエルレウム）》の寮監（ハウスマスター）。この新年度から就任した。

イラスト／ごもさわ

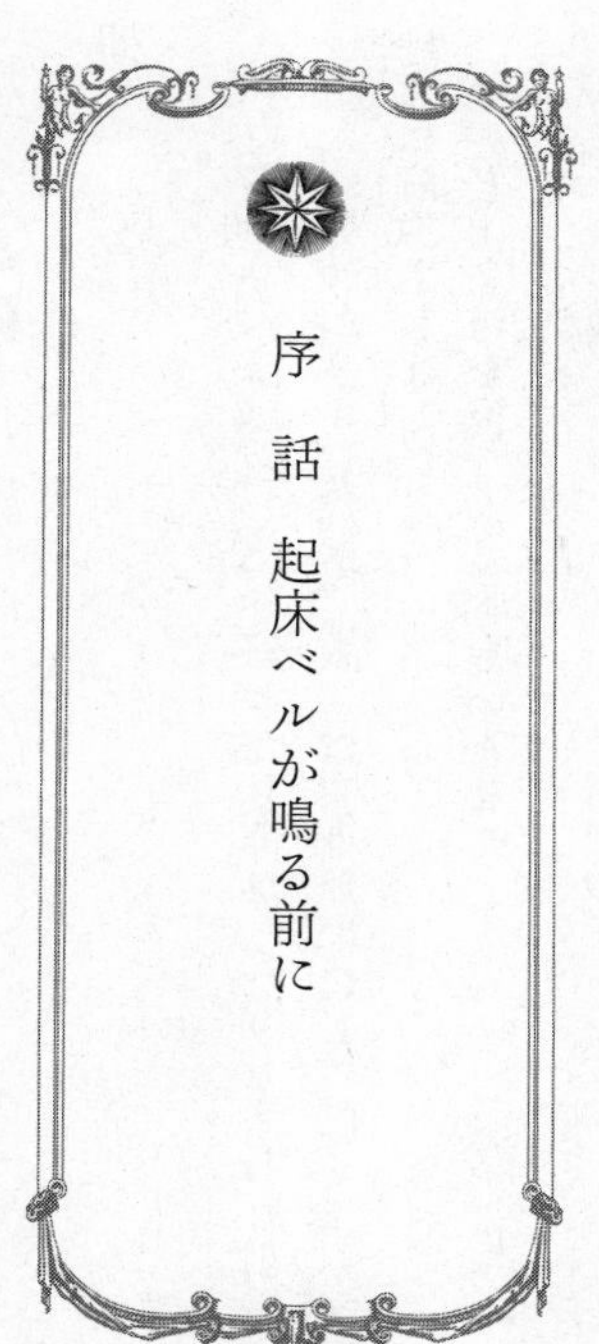

序話　起床ベルが鳴る前に

問

その事件で、皆が困ったり怒ったり怖がったりしました。

犯人は見つかりましたが、大人は有耶無耶(うやむや)にして隠してしまいます。犯人も罰を受けずに解放されました。

けれど、文句を言う人は誰もいません。

何故でしょう?

1

この学校で最も勤勉な者と言えば、敷地の中心に聳える時計台だろう。

学園の全てを眼下に一望し、荘厳な鐘の音は隅々まで響き渡って定刻を報せる。ゴシック建築の厳粛な佇まいに似合いの低音だが、伝え鳴る先は学舎のみならず、講堂、体育館、図書館、博物館、劇場、売店、食堂、温室、そして、ここ学生寮も例外ではなかった。

一日の始まりは七時、起床を告げる鐘で寮内は慌ただしく動き出す。五分もすれば朗らかな声が聞こえてくるのだから、十代の子ども達は活力の塊だ。

彼はそういう訳にはいかない。

八年前に成人を迎えて、休日には二度寝の雅を嗜む。規則通り七時半に朝食を摂る為には、生徒らより三十分は早く起きなくては胃が目を覚まさなかった。

冷たい水で顔を洗って眠い瞼を叩き起こす。頭を擡げると我ながら簡素な顔立ちが鏡に映って、無為に作った笑顔をタオルで押さえた。幸い、聞き分けの良い髪は耳に掛かる程度の長さがあっても手櫛（てぐし）で大人しく整える事が出来る。

彼はシャツの襟にループタイを通して、寮章をあしらったカメオのタイ留めを第二ボタンの高さまで引き上げた。タイ留めはカフスボタンと揃いで、就任時に学校から贈られた特注品だ。裏返せば金の名前が刻印されている。

R.Tendo――天堂（てんどう）の姓を名乗るのは訳あって二度目となるが、ここでは何の意味も持たない。最も勤勉な者が時計台であるように、最も肝要な事は彼の肩書きだった。

コンコンコン。

「寮監（ハウスマスター）。おはようございます。寮長（ヘッドオブハウス）です」

樫（かし）の扉が立てる音は耳に心地よい。呼びかけた声も落ち着いた中低音で、天堂の表情を自然と微笑ませた。

扉を開けると、思った通りの生徒が姿勢を正して佇んでいた。

「おはようございます、瀬尾（せお）さん」

濃紺のジャケットに合わせるネクタイは青色。隙なく着こなした制服に比べると黒髪は校内では伸ばし気味だが、前髪は眉（まゆ）に掛かりこそすれ睫毛（まつげ）に触れる事はない。湖面の様に静かな眼差（まなざ）しは何処か謎めいた雰囲気すら感じさせて、見る者を無意識下で惹き付けた。

「朝早く申し訳ありません」

「確かにランチのお迎えには早い時間ですね。相談事ですか？」

「御相談……いいえ、やはり御報告と言うべきです」

瀬尾が言い淀む。彼には率直な印象を抱いていたので、天堂は不躾に首を傾げそうになった。

「中に入りますか？」

「こちらで。早急にお伝えすべきと考えます。どの道、寮内には今頃、知れ渡っているでしょう」

寮を執り仕切る寮監が最後とは随分と出遅れたものだ。天堂は嫌な予感がして、笑顔を保ったまま心の準備をした。

「ではここで」

促した天堂に、瀬尾が視線で頷き返した。

「一年と五年の寮生が負傷しました。拳での喧嘩です」

「もっと急いて良いのでは!?」

天堂は廊下に出ようとして、ジャケットを取りに部屋に戻り、袖を通しながら歩き出して、場所を聞いていなかった事に思い至った。

「瀬尾さん、案内をお願いします」

「落ち着いて下さい、寮監。人類が衝突せずに共存する事は不可能です」

規則には寮内を走ってはならないとあるが、瀬尾の歩みはあまりに緩やかである。

天堂は足踏みしたい気持ちを抑えて、彼が隣に並ぶのを待った。

「君の落ち着きが崩れるのを見てみたいものです」

「目玉焼きは潰して食べる方が好きです」

大人びた瀬尾の横顔は生真面目で、天堂が彼の冗談に気付いた時には階段をすっかり上り切っていた。


子供の時間は密度が濃い。心身共に日一日と有り様を変えて、一年も過ぎる頃には目を瞠る成長を遂げるだろう。

本校、私立シードゥス学院は、特に進化著しい十三歳からの五年間、学業及び生活を共にする全寮制の教育機関である。

学校では教師が、寮では専任の職員がサポートに当たるが、天堂が務める寮監もその一人、文字通り寮生の監督をする役職だ。寮母を親に喩えるとすれば、寮監は顧問弁護士に近い。

寮母は生活面を補佐して、寮監は秩序の維持に務める。

学校との連携指導、私物の取り締まり、休日の外出許可、心配事の相談。そして、諍(いさか)いの対処も寮監の役目だ。

十三歳の一年生と十七歳の五年生とでは体格もまるで違うから、天堂の想像は深刻にならざるを得なかった。雛鳥(ひなどり)を石で打つようなものだ。雛にも石にも傷が残る。前途ある若者に負わせて良いはずがない。

「こちらです」

瀬尾が案内を終えるまでもなく、騒ぎの中心は明らかだった。

居間(コモンルーム)から人が溢(あふ)れている。

個室(ドミトリー)では飲食が許可されず、テレビやゲームの持ち込みも禁止されている為、自由時間には多くの生徒が集う部屋となる。が、当然ながら私闘の自由はない。

廊下から室内を覗(のぞ)き込んでいた数人が、天堂と瀬尾に気付いて壁際に身を潜める。

瀬尾が窘(たしな)めるように彼らを一瞥(いちべつ)して戸口に立った。

「一件に関わりのない者は退室せよ。短時間に押しかけて食堂の方々の手を煩わせては、我が寮の名折れとなるぞ」

寮長の叱責(しっせき)が号令の様に寮生を動かす。まず戸口に近い者達が退室し、散乱した本やカードゲームを片付ける者達を瀬尾が制止して戻らせると、疎(まば)らに居座る物見高い者達も首を竦(すく)めて足早に廊下へ出た。

残ったのは四人。

Ｖの襟章を付けた五年生と、対峙する三人はＩの襟章を付けている。

「え……」

天堂が喉に詰まらせた疑念を、先に言葉にしたのは瀬尾だった。彼は四人を順に視線で追って、ソファで固まる一年生の方を見た。

「よもや三人がかりではあるまいな？」

「とんでもない。獅子王は一人で勇敢に戦いました」

率直に答えたのが一年生にしては長身の生徒で、天堂はまた密かに驚いた。体格から考えて、拳を振るったのは彼だと思っていたからだ。

それほどに五年生の有り様は散々だった。ネクタイの結び目が解けてはだけたシャツのボタンは幾つか飛んでいる。ジャケットは先に脱いだのだろう、ソファの背に掛かっていて無事だったが、ウエストコートの本来持つ上品な型は見る影もない。頰に氷嚢を当てているから、顔面も殴打されたのではないだろうか。

対する一年生は左耳に切り傷がある程度である。応戦の甲斐はなかったらしい。

「対処をお願いします、寮監」

瀬尾が澄んだ瞳で天堂の采配を待っている。他の四人も同様だ。

天堂は空咳を拳で隠して、五年生の傍に屈んだ。

「今本(いまもと)さん、君の話は怪我の治療が終わってからきちんと聞きます。まずは手当てを受けて下さい」

「ぼくに非がない事は誰に聞いても分かると思います」

今本は氷嚢を押さえ直し、正しい判決を疑わない顔で答える。

天堂は頷き返して、一年生三人の方に向き直った。

「日辻(ひつじ)さん」

「はい」

長身の彼が蛇に睨(にら)まれた蛙みたいに目を逸(そ)らして返事をする。

「弓削(ゆげ)さん」

「はい！」

元気な返事が勢い余って彼を立ち上がらせる。

天堂は最後に彼と目を合わせた。

「獅子王さん」

「……はい」

最も小柄な彼が上級生をのしたとはまだ信じ難いが、俯(うつむ)いた目元には罪悪感と不安が滲(にじ)んでいる。

寮監として話を聞かなければならない。

「君達は朝食後、私の部屋に来なさい。先生には連絡をしておきます」

「はい、寮監（ハウスマスター）」

三人が従順に声を揃えた。

2

生徒が登校すると、寮は真夜中以上の静謐（せいひつ）で満たされる。

取り分け学習室は無音に近い。

キッチンや個室には清掃や洗濯、軽食の補充等に管理業者が出入りするが、学習室が使われるのは十九時から二時間設けられた学習時間に限られる。寮付教師（チューター）達も時間まで出勤しないので、生徒の秘密を守る意味でも対話に適した場所と言えるだろう。一席ずつ仕切りを立てて、学習机が連なっている。戸口の近くには猫足の円卓があり、研究課題などの共同学習に使われた。

平素は寮付教師と生徒が和やかな論議で囲む円卓も、今は沈痛な緊張感に包まれている。学舎に比べて寮はモダンな建物だから、彫像のガーゴイルに見下ろされたり、歴代校長の肖像画に睨まれたりといった威圧感がないのがせめてもの救いだ。

獅子王、弓削、日辻の三人を座らせて、天堂自身も空いた椅子に腰を下ろした。

「如何なる理由があろうとも物理に訴える手段は正しくありません。道理と腕力に相関関係がない事は理解出来ますね」

天堂が諭す間、日辻と弓削は決して視線を合わせようとしない。

日辻は身長こそ高いが顳顬へ払うような眦には稚さが残り、時折こちらを忍び見ては薄い唇を結び直す。弓削は寝起きでベッドから飛び出したままかと思うほど髪も服装もお座なりで、黒目がちの瞳を不安そうに泳がせている。

獅子王だけが毅然と姿勢を正して、両手を膝に置き、天堂を見つめた。

「つまり、寮監も事情の斟酌なく暴力的な断罪はしない、と受け取って差し支えありませんか？」

彼の整然とした語り口に、天堂は僅かに眉を持ち上げた。

「君のように賢い人がどうして手を出すに至ったのだろう？」

「今本先輩が殴れと言ったからです」

また、獅子王の真っ直ぐな目が言動との齟齬を生じさせる。

天堂は二人を見た。

「本当です」

日辻が答えながら弓削を横目に捉える。弓削が僅かに頬を膨らませた。

「殴れるものなら殴ってみろ、と言われました」

「何故、今本さんはそのような挑発を？」

この質問には三人が顔を見合わせて、誰も率先して話そうとしない。

「始まりから聞く必要があるようですね」

天堂が居住まいを正して腰を据えると、日辻が億劫そうに口を開いた。

「ぼくはこの私立シードゥス学院に入れた事を誇りに思っています。父も祖父も当校の卒業生で、人生で最も有意義で貴重な五年間だったと話してくれました」

日辻の様に家族で代々、母校を同じくする生徒は多い。入学条件に、保護者が一定圏内に在住する事という項目がある為、自然と選択肢の上位に数えられるのだろう。

「君が学院に敬意を払っている事は理解しました。心配せず話してください」

「あ、寮監の優しさを疑ってすみません」

「…………」

天堂は思わず笑顔を固まらせて無言になった。薄々勘付いてはいたが、明言されると複雑な気持ちがする。

弓削と獅子王は素知らぬ顔をしている。日辻は気付いているのかいないのか、指先で前髪を分けて利発そうな眼差しと桃の実の様に丸い額を露わにした。

「今朝の七時より少し前、ぼく達はベル当番をしていました」

「ベル当番。一年生が一週間交代で二人ずつ担当するのでしたね」

「はい。起床時刻にベルを鳴らして各階を廻ります」

日辻は丁寧に説明をしてくれたが、天堂とて無論、覚えている。

時計台の鐘と並行して、寮にも遅刻者が出ないよう起床を促す係がいた。慣習で一年生が当番を受け持ち、下級生の階から巡回する為、最上級生はそれが聞こえてくるまで微睡む時間を得られるようだ。

「僕達が階を移動している時、ラジオの音が聞こえました」

「ラジオの音？」

「だと思います。スポーツの試合らしき歓声でした」

「妙ですね」

天堂が眉根を寄せると、三人も一様に厳しい面持ちをした。日辻は何かに怯えるように肩を窄め、弓削は目を逸らして何度も居住まいを正している。真正直に明言したのは獅子王だった。

「寮内に於いて娯楽機器の個人所有は禁止されています。ぼく達がそれらを使用出来るのは居間のみです」

平素は異なる一人称を使うのだろう。獅子王のぎこちなさは、しかし人称のみで、語り口調も話の内容も竹の様に真っ直ぐな芯が通っている。

「確認の為に聞きたいのですが、階段の近くには何がありますか？」

「五年生の個室です」

「君達は、五年生の誰かが寮則に違反してラジオを持ち込んだと考えたのですね」

獅子王が気の強そうな黒目を密やかに動かして、弓削、日辻と視線を交わす。

「そうです」

天堂は得心が行って頷いた。

当校の学生寮では、四年生までは複数人の共同部屋が割り当てられるが、五年生は受験準備などに専念出来るよう個人部屋が与えられる。人目を盗みやすい環境に疑いを持つのは極自然な発想と言えた。

天堂がテーブルの上で組んだ手の右の人差し指を立てると、三人の注意が素直にこちらを向いた。

「もうひとつだけ確認させて下さい。犯人探しをする前に私や寮母に報告しなかったのは何故ですか？」

天堂は問いかける自身の声が喉で微かに強張るのを感じた。

彼が寮監に就任して日の浅い新任である事は否めない。しかし、寮母の二宮は長く学院に勤めた元教授で、生徒達の信頼も厚いだろう。

ところが、弓削の反応は天堂の予想と異なっていた。

「どうして寮監に話すの？」

「幸希」

「ですか？」

獅子王に注意されて、弓削が思い出したように敬語を付け足す。

「どうしてって……寮生を監督するのが寮監ですから」

「寮監。寮には寮の、生徒には生徒の秩序があるんです。ぼく達は寮監と同じくこの秋に入学したばかりですが、寮での振る舞いは父と祖父から学びました」

態度の上は従順な日辻から天堂に対して距離を取る姿勢が垣間見える。

生徒には生徒の秩序がある。

まだ天堂は感覚として受け入れられない。生徒の秩序は寮の秩序であり、それらは全て校則に基づき、延いては刑法民法、憲法へと帰属する。互いに相反する道理はないのだが。

「分かりました。ひとまず話を終いまで聞きましょう」

「ありがとうございます」

日辻の礼に合わせて、獅子王も小さく、弓削は上体ごとお辞儀をした。

「ラジオの音は階段に近いほど音量が大きく聞こえました。階段側の個室は今本先輩の部屋です」

「本人に直接、話をしたのですか？」

「はい。音が外に漏れていた事を知らせたところ、何故お前達が聞いている、盗み聞きをしたのか、と反対に詰め寄られて、ぼく達もムキになって反抗的な態度を取ってしまったと反省しています」

「違反は違反ですからお気持ちは解ります。それで波風が立って先程の発言に？」

「そうです。『殴れるものなら殴ってみろ』と挑発されて、獅子王が……」

「売られた喧嘩は買います」

三人の中で最も小柄な獅子王が、最も視線を上げて言う。

「それも『生徒の秩序』ですか？」

「個人の在り方です」

「お気持ちは解ります」

天堂には寮監の立場と個人感情の狭間から苦い了承を示す事しか出来なかった。

「寮監。獅子王は退学にならないですよね？」

弓削が素直な眦を僅かに下げる。隣に並ぶ二人の表情も硬い。

寮則違反が事実なら処罰を受けるのは今本の方だ。しかし、彼が怪我を負わされている点も看過する訳にはいかない。

天堂が眉根に力を入れて三人を見ると、怯える気配が伝わってくる。

彼らにとっては入学後初めての大事件だろう。天堂にとってもまた、就任後初めての難問である。だが、頭を抱えて立ち止まってはいられまい。若者が五十人も集まって生活をすれば、これからこのような事態は次々と起こるに違いなかった。

「情報を精査して、公平な対応を取ります。皆さんは二時間目から授業に出て下さい。先生方には私から連絡をしておきます」

「……はい」

今度は降り始めの雨みたいに、三人はばらばらに答えて立ち上がった。日辻と弓削が先に退室して、最後に獅子王がドアノブを押さえる。

「寮監」

「！」

「騒ぎを起こしてすみませんでした」

謝罪して扉を閉めた獅子王の瞳には、反省より後悔より、憤りに似た色が塗り込められていた。

3

「問題の解決は各寮内でお願いします。学校側からは以上です」

性別問わず、その芸術的な美しさに頭(こうべ)を垂れてしまうであろう笑顔を携えて、酷薄な指示が下された。

「水上(みなかみ)さん、それではあまりに薄情ではありませんか」

「寮監(ハウスマスター)」

サイドへ流した前髪の影で、冷たい青のアイシャドウが瞬(まばた)きをして、彼女の眼差しから光だけを消す。

「学院に属する者同士、私の事は『校長』と」

「失礼しました。水上校長」

「それでこそ学院の一員です」

彼女の賢さが言外で、天堂に圧力を掛けた。

一員として学院に尽くす事。自分の立場を弁(わきま)える事。

水上は学校を預かる校長で、寮の瑣事には関わらない。これは寮監の天堂が、寮内で収めるべき問題である。

「三名の遅刻については記録上不問とします。後はよしなに」

水上が立ち上がる。革張りの重厚な椅子が微かな音をさせて皺を伸ばし、息を抜く。話は終わりだ。

「よろしくお願いします」

天堂は回れ右をして戸口へ引き返した。

「こちらこそ、よろしく。寮監」

「？　はい」

「生徒達の為に、他寮に誇れる寮にしてあげてね」

天堂の頭の中を見透かしているかのように、水上が微笑みで速やかに釘を刺した。

学校からアドバイスを得られないのであれば、寮の関係者を頼る他ない。天堂は内心ではそう考えていた。

全寮制と一口に言っても、全校生徒が寝食を共にするのは人数の面から不可能だ。生徒達は各学年十人ずつに分けられて、五学年五十人がひとつの学生寮に集められる。天堂が寮監を務める学生寮以外にも四寮が存在していた。

（校長の口振りではまるで……）

天堂が抱えるもやもやとした疑念とは裏腹に、学院の中庭の何と美しい事だろうか。

踏み心地の好い砂利が敷き詰められた小径を囲むのは青々とした芝。

ガーデンベンチに腰かけて格子の背凭れに身を預ければ、遠景に木立を望み、背後に佇む低い丘には薔薇が空を仰いでいる。中庭に面した外廊下には等間隔に並ぶ柱が影を落として、生徒達の笑い声が断続的に日向に輝いた。

制服は獅子王らと同じブレザーだが、ネクタイの色が異なる。

学年ではなく、寮ごとに着用を義務付けられる意味。

天堂の頭上を心のもやもやに似た雲が流れていく。緑風に人工的な香りが含まれた気がした。

「こんにちは」

砂利道を行き交う生徒の一人がベンチの前で立ち止まる。

天堂は背凭れから上体を引き起こした。

「どうも、こんにちは。君は？」

「特別寮、寮長の早乙女です」

彼がしなやかな所作で右手を胸元に当てると、袖口からスパイシーな香水が薫る。

黒地に紫色のラインが入ったネクタイは、確かに特別寮の生徒だけに着用が許された柄だ。

「早乙女さん。他寮の子まではまだ覚えられていなくてすみません。私は――」

「青寮（カエルレウム）の天堂寮監ですよね」

反対に自分が知られているとは思わなかった。驚く天堂に、早乙女が優美な笑みを浮かべる。

「御心配なく。我々、奨学生（スカラー）はそれぞれの分野で功績を上げる事が義務付けられた精鋭です。いずれ自然とお耳に届くでしょう」

「楽しみにしています」

天堂が微笑み返すと、早乙女は大公に仕える騎士の様に恭しく身を屈（かが）めた。大仰だが奇を衒（てら）って見えない動作は、彼が生まれた時からそうしていたかのように自然だ。校則に従った髪型は大差なくなるものだが、明るい髪色の所為（せい）か、柔らかな癖が与える印象か、毛先が風と戯れるだけで華がある。

優雅な動作に意識を惹（ひ）き付けられて、天堂は気付けば早乙女の端整な顔立ちから目を離せなくなっていた。

「寮の事で何かお困りですか？　これでも寮長の端くれ、ぼくでよければお力になれるかもしれません」

「御親切に、ありがとう」

「お隣いいですか？」

「私の方が生徒の相談を聞かなければならない立場だというのに、気を遣わせて申し訳ないです」

天堂は三人がけのベンチの左側に寄った。

優しく靭く健やかな精神を宿す。

学院が掲げる理念を体現した手本の様な生徒である。彼の意見は天堂より生徒に近く、学院での経験も頼りになるだろう。

早乙女がベンチに並んで腰かけて、屈託のない笑みを綻ばせたので、天堂は徐に口を開こうとした。

「実は」

「こんにちは、寮監。お疲れ様です」

会話を遮る無遠慮な挨拶に、天堂と早乙女は同時に木立の方を振り仰いだ。

「瀬尾……」

同じ方向を見る早乙女の表情は、天堂からは見えなかった。だが、声には確かに剣呑な響きが滲んでいる。

天堂は咄嗟に唇を結んだ。

瀬尾が革張りの本を左手に持ち替えた。

「図書館に立ち寄った足で昼食のお迎えに伺えればと思っていました。寮監さえよろしければこのまま御案内します」

「少し待ってもらえませんか？　早乙女さんとお話をし始めたところなのです」

「それでは、ぼくも同席させて頂きます。問題はないな、早乙女？」

瀬尾の影が重なって、早乙女の目元が暗く落ち窪(くぼ)んで見える。翳(かげ)りの奥から睨(ね)め上げる眼光がまるで別人の様に鋭い。瀬尾の口調は平素と変わらず穏やかだったが、彼が早乙女の纏(まと)う空気を変えたのは間違いなかった。

天堂を除(の)け者にして、二人が向かい合う。

「瀬尾さん。早乙女さん？」

どう間に割り込んだものか。天堂の困惑の外から、身体ごとそれをやってのけた生徒がいた。

「瀬尾先輩、寮長に何の御用ですか！」

ベンチに座る早乙女を背に庇(かば)い、早乙女に立ち向かう。まだ細い首がシャツの襟元を余らせて、ジャケットとズボンも関節の辺りにだぶつきが見えた。

襟章は二年生、ネクタイは黒に紫色のライン。前髪を眉(まゆ)の下で切り揃えて、細く癖のない髪が耳元まで覆う後頭部はバスケットボールの様に丸い。

「公正と安全を期する為、寮生の立ち合いを要求します。即ち、ぼく、角崎(つのざき)の」

「こちらに特別寮、及び早乙女を追及する意思はない」

瀬尾が速やかに答えたが、二年生は引き下がらなかった。

「どうだか。他寮は何かと特別寮を目の敵にしますからね！　ぼくたちは成果を認められて入学を望まれた奨学生（スカラー）です。一般生徒や、況（ま）して奨学生（バーサリー）に妬（ねた）まれようと、わが身を守り、学院で本分を全（まっと）うする責任があります」

「角崎」

弓なりに反らした彼の背中に早乙女が手を添える。そんな小さな仕草まで雅（みやび）やかだ。

「早乙女寮長、御安心を。ここはぼくが代わって対応します」

「大丈夫だ。ありがとう」

早乙女が微笑むと、角崎の態度が漸（ようや）く刺々（とげとげ）しさを弛（ゆる）める。早乙女はベンチから立ち上がり、半身を返して天堂に目礼した。

「お力になれず残念です。また機会があればお話ししましょう」

「あ、ああ。そうだね」

「それではお二人とも、ご機嫌よう」

「失礼します！」

早乙女が恭しく挨拶をすると、角崎が三方を見比べてそれに倣う。彼らはジャケットの裾（すそ）を燕尾（えんび）服（ふく）の様に流麗に翻して、校舎の方へ去っていった。

中庭の静穏に明るい日差しが降り注ぐ。そよ風に薔薇と木々の小枝が揺れる。

天堂は我知らず深く呼吸をした。吐息の後に虚ろが残った。

「寮監」

「はいっ」

反射的に顔を上げて、天堂は目を剝いた。

見下ろす瀬尾の表情が硬い。

「寮の問題は寮内で収めるのがこの学院に於ける鉄則です。生徒個人に関わる話を不用意に他言されぬよう御留意願います」

瀬尾は決して声を荒らげなかったが、拍子を打つように淡々とした語り口は、懇願より命令の色が強い。

どうやら天堂は、この温厚な生徒の表情を厳しくさせる禁忌に触れかけたらしい。

「ごめんなさい」

天堂は膝に手を置いて頭を下げた。

瀬尾はくどくどと説教を重ねる事はしなかった。

「特別寮と一般寮は反目しているのですか？」

「切磋琢磨する目的では、互いに意識する事もあるでしょう。一方で残念ながら、一部の奨学生が他の生徒を軽んじているのも事実です」

「奨学生も学院から学費を免除された優秀な生徒ではありませんか」

「奨学生は一般基準を上回る特技を以て学院に支援される生徒です。奨学生は学力が一般基準に達している事を条件に、金銭援助を受けて入学が叶った生徒になります」

「特別寮の子達にとっては、一般生と同じなのですね」

「一般寮で暮らす全ての生徒が格下なのでしょう」

瀬尾が科学のレポートみたいに淡々と述べる。天堂は少しだけ、寮の問題は寮内で収めるという鉄則の理由が解った気がした。

「奨学生は我々の青寮にもいます」

「そうでしたね。弓削さんと、今本さんも」

思い出して、天堂は瀬尾が牽制をチラつかせていた事に気が付いた。

「曲がりなりにも寮監です。奨学生でも奨学生でも態度は変えません」

「当然です」

時計台の鐘が鳴る。

連なる校舎に反響して、無人の寮にも届いているだろう。

「昼食の時間です。御案内します」

「ありがとう。よろしくお願いします」

天堂が寮長の日課に礼を言うと、瀬尾が革張りの本を右手に持ち替えた。

4

寮監の食事は学院内の様々な職員と同席する機会に恵まれる。

朝夕は寮母（メイトロン）、用務員（ハウスメイド）と食卓を囲む事が殆（ほとん）どだが、授業のある日の昼食は、寮の食（グラビング）堂（ホール）に教師を招く慣習があった。

寮内で開かれる会は、ひとつの例外もなく寮長の仕切りとなる。

各寮長は四時間目の授業が終わると、約束した教師を大食堂に招待した後、寮監を迎えに来て、昼食を共にするのだから忙しい。

今日の客（ゲスト）は低学年を受け持つ語学教師と全学年を見る社交学教師だ。クロテッドクリームとジャムを塗る順番を逆にして眉を顰（ひそ）められた前回の食事はまだ記憶に新しい。食事のマナーに気を配るべきだろう。

「時間が過ぎているので直接お連れします」

「反省しています」

これでは寮監と生徒があべこべだが、天堂が要らぬ寄り道をして寮に戻っていなかったのだから仕方がない。

俯いて歩く天堂の前に立って、瀬尾が大食堂の扉を開いた。

話が違う。

「初めまして、寮監さん」

薄青に塗装された木板張りの壁が空気を鎮めて部屋を広く感じさせる。白い窓枠に飾られた花瓶の蒲公英が愛らしい。ダークブラウンの木床はよく磨かれて、靴音を打楽器の様に軽く鳴らす。

無地のクロスの掛かった円卓に着いていたのは、天堂と面識のない二人だった。

瀬尾が扉を閉めて、円卓の側に寄った。

「寮監。こちらは一年生の科学を受け持つ榎田先生」

「初めまして、天堂寮監」

ツイードのスーツに身を包んだ老翁が柔らかな所作で会釈をする。首に掛けたグラスチェーンはシルバーのシンプルなデザインだが、眼鏡の蔓に通す留め金の意匠と小振りの青い天然石が何とも洒落ており、彼の表情をより優しげに見せた。

「こちらは養護教諭の相楽先生」

「どうも、初めまして」

立って挨拶をした教師は顔こそ若そうだが、姿勢が悪い。最後に散髪に行ったのは何ヵ月前か、モカブラウンの髪は野放図に伸びて形崩れしている。縦縞(たてじま)のシャツに合わせたベストはクリスマスの定番みたいにデザインセンスをかなぐり捨てた熊柄だ。

「初めまして？」

天堂が困惑を隠せずに立ち尽くすと、瀬尾が空いた椅子を引いて着席を促した。

席の正面には厚い燻製(くんせい)サーモンと酢橘(すだち)が丸皿に盛られている。ガラスのボウルにサワードレッシングを掛けた生野菜サラダ、籐(とう)の籠(かご)にはテーブルロールとクッペが用意されて、空のスープカップが食事の開始を待ち侘(わ)びているかのようだ。

天堂は席に着いて二つ折りの手巾(しゅきん)を膝に掛けた。

用務員(ハウスメイド)が雑な手付きでサイドテーブルに鍋(なべ)を置く。瀬尾が彼からお玉を引き継ぐと、用務員は円卓の方には目もくれずに退室した。

四人分のスープカップに注がれたのは緑色のポタージュだ。湯気は立たないので冷製スープらしい。

「いただきましょう」

瀬尾が告げると、榎田と相楽が思い思いに手を合わせたり組んだりしてカトラリーを手に取った。

「ピスタチオのスープかあ。なるほどなるほど。ピスタチオは栄養価が高く、抗酸化作用がありますから、生徒にも先生にも適している。ねえ、榎田先生」

「うん、味付けもとてもいい」

榎田が相楽に答えて、不意に細めた目を開く。

「食後にしようかとも思いましたが、後回しにしても変わりませんから、先にお話ししてしまいましょう」

彼はスプーンを置いて手巾で口元を押さえると、胸を張って天堂を見据えた。

天堂は慌ててフォークを手放した。

「何でしょうか？」

「日辻君、弓削君、獅子王君の遅刻は記録しません。ですが、授業を受けていない者を受けた事には出来ませんので、特別課題を出しました。学習時間に寮付教師（チューター）と対応をお願いします」

「あっ、そういう、そうでしたか」

天堂は不格好な返答をしながら相楽と榎田を交互に見た。予定外の招待客は内密の話をするために呼ばれたのだと漸（ようや）く知った。

相楽が苦笑いをしてクーペを割り、バターを塗り込む。

「今本さんは一時間目から授業に送ったので。念の為、放課後の活動は控えて自室で休むように伝えたから、部屋を訪ねるといいよ」

「ありがとうございます。重い怪我には至らなかったのですね」

天堂の安堵に、相楽が軽妙に頷き返す。クーペを千切り、口に運んで、丁寧に咀嚼する沈黙は、時間にして十数秒。相楽は笑顔と思案の間で三往復して、終いに首を傾げた。

「見た目は派手だったけどねえ」

「……と言うと？」

「僕は事情を知らないから外傷の特徴のみだよ。あれ、避けられたんじゃないかなあ」

硬いクーペは容易に裂けず、メリメリと湿ったような音を立てる。

天堂はナイフで切ったサーモンからフォークを抜いた。

「今本さんがわざと殴られたと言いたいのですか？」

「いやいや、殴られてないと言った方が正確かな。つまりね、受けた拳で皮膚が赤くなったり、服を引っ掛けて破ったりはしてるが、彼は全ての攻撃を流してる」

「本当ですか？」

相楽に聞き返しながら、天堂は横目で瀬尾を見た。

彼は教師らの話に出る幕なしとばかりに、静かに食事を続けている。

「殴った方も手応えがなかったでしょうね」

「一撃ドカンと入って脳震盪でも起こしていれば、もっと早くに騒ぎが収まっていたのではありませんか？」

「榎田先生、そりゃあ身も蓋もない。怪我の軽重に拘らず暴力沙汰を起こした事自体が問題の本質なんだから。ねえ、天堂寮監」

「勿論です」

天堂がようやっと頷くと、榎田と相楽が朗らかに笑った。

5

奇妙な話を聞いてしまった。昼食を終えて、天堂は唸り声を伴に階段を上った。

寮の階段は寮生が二人ずつすれ違える程度に横幅がある。校舎と比べれば些か簡素な意匠だが、生徒が快適に暮らす目的で、空調や動線などは寧ろ校舎より気を配って建てられたようだ。

一階には一年生の部屋と共同浴室があり、二階には二年生と三年生の部屋と居間にキッチン、三階に四年生の部屋と学習室、四階は五年生の個室が占めている。

事件のあった居間は清掃されて、騒ぎの痕跡は影も形も残っていない。

マガジンラックに取り揃えられた新聞によれば、今朝は六時から一時間枠のスポーッ番組で昨日行われた野球の試合がダイジェストで振り返り放送されたらしい。

「これを聞いていたのか」

日辻の話を追体験するように、天堂は聴覚に意識を傾けた。

すると、壁の向こうから勢いよく噴き出す水の音がする。

きっと彼だ。

天堂は新聞をマガジンラックに片付けて、居間の隣室の戸口に立った。

五年生の個室よりは幾分広い部屋だ。左右の壁に沿って設えられた調理台に湯沸かしポットやトースター、コーヒーメーカーが並び、部屋の中央に四つの蛇口を備えたシンクが鎮座する。

寮では間食が許されており、火と刃物を使わない簡単な調理を行う事が出来た。

休日の午後には空腹の寮生が殺到する簡易キッチンに、荒々しい水音が跳ねている。

「行田さん」

音の中心にいた男に呼びかけようとして、天堂は真っ青になった。

「何をしているんですか！」

男は腰で身体を折り、シンクに頭を突っ込んでいる。蛇口は全開にされているのだろう、水が激しく放出されて、男の首から上が見えない。

天堂は彼の背中に飛び付いて、シンクから上半身を引き上げた。

「何だよ、先生。仕事の邪魔すんな」

「あ……れ？」

煩わしげに文句を言われて、天堂は両目を瞬かせた。

ひとつに結った黒髪は毛先も濡れていない。背は低いが筋肉質な首を大儀そうに巡らせて、鋭い三白眼が天堂を苛む。

よく見るとシンクの底に泡を含んだスポンジが取り残されて、左隣のシンクでは換気扇のフィルタが流水に晒されていた。

「すみません。手前の水道と奥の行田さんが重なって見えて、何事かと」

「何事かじゃねえよ。おかげさんで今日は余計な仕事が多いんだ。あー、忙しいのはあんたもか」

「いえ、お疲れ様です」

「まったくガキども、用務員を何でも屋と勘違いしてんじゃねえぞ。俺は意地でも定時に上がってやるからな」

行田がぼやいてフィルタをシンクから引き上げる。キッチンの換気扇は二箇所だが、フィルタは五枚以上あるようだ。

「お忙しそうですね。それじゃあ、私はこれで」

「俺に用事があったんじゃないのか？」

「私が？」

「今本寮生の部屋を調べるんだろ」

行田がフィルタを網に上げて、蛇口を閉めた。

「医務室で治療を受けに行ったきり寮に戻ってないから、家探しするなら今の内だ」

「家探しって、生徒のプライバシーは保護されるべきです」

「はあ？　プライバシーを尊重して何かあったら、あんたは責任取れるのか？」

シンクに落ちた名残の水滴がやけに大きく撥ねた。

「責任……」

「他人の子どもを預かって野放しって訳にはいかんだろ。俺は用務員だから寮の建物やら備品やらに責任を持つ。あんたの仕事は？　寮監」

「寮生の監督です」

分かりきった答えが、今更、天堂の双肩に重圧を掛ける。

危険性の低いラジオだから悠長に構えていられるが、もし隠し持っているのが刃物だとしたら、問題が起きてからでは遅い。強引に理由をこじつけてでも部屋を検分する必要がある。

「ラジオは果たして安全な玩具かね。既に怪我人が出てるようだが」

行田が天堂の不安を見透かすみたいに肩を竦めた。

「生徒の部屋に侵入するなんて」

「鍵は付いてない」

「暴力的な解決は生徒の信用を失うかも」

「締めるとこ締めなきゃ見下されて体制崩壊だ」

「生徒がいない間に、部屋に」

「まあ、俺には関係ないけどな。立ち会えって言うなら立ち会う、要らないならいい。それだけだ」

埃と油汚れが洗い流されたフィルタが水切り籠に立てられる。

行田は天堂が不正を働かぬよう見張り役を買って出てくれているのだ。慣れた口調から察するに、寮では珍しい事ではないのかもしれない。

固く絞った布巾でシンクを拭く。モップで床を磨き上げる。水切り籠を窓辺の台に置き、窓を開けて風通しを良くする。行田が力強い手付きで作業を進める様を一部始終見届けるまで、天堂は心を決められなかった。

「私は」

言い止して息を呑む。

行田がモップの柄に両腕を載せて、試すような視線を返した。

6

七時間目の授業が終わると、生徒は自ら選択した課外授業に向かう。人気があるのはスポーツ、音楽、演劇などのクラブだが、必修外の語学や、コンピュータ、機械といった実用的な専門科目の授業を好んで受ける者も一定数いる。

一方で、選択しない事も出来るが、何もせずに寮に帰る生徒は殆（ほとん）どいない。

相楽の言い付けを守って今本が帰寮した時、寮にいたのは天堂ら職員だけだった。

「お帰りなさい」

天堂が玄関ホールのソファから声を掛けると、今本が足を止めた。

「ただいま戻りました」

電灯を点（つ）けるにはまだ明るく、しかし、傾いた太陽は全てを照らすには心許（こころもと）ない。扉のステンドグラス越しに差す夕陽が今本の左半身を陰にして、表情を読み取り難（にく）くした。

「痛みはどうですか？」

「ほぼ感じません。御心配ありがとうございます」

「制服も問題なさそうですね」

「シャツはロッカーに置いてあった着替えを使って、ジャケットのボタンは休み時間に縫い付けました」

「新しいシャツの手配を学院に伝えておきます」

「よろしくお願いします」

会話が途切れて静寂が訪れる。だが、何かを察したように今本も動かない。

天堂は心を鬼にして目頭に力を籠めた。

「今本さん。部屋を見せてもらえますか？」

すると、彼は意外そうな顔をした。

「まだ調べていないんですか？」

「職員に入室権限がある事は聞きました。しかし、後ろめたいところがなくとも、人の鞄を開けるのは気が引けます」

「御苦労な性格ですね」

今本が呆れた顔で隠しきれない毒を吐く。

だが、何と言われようと天堂は寮監である前に一人の人間だ。

「君の話も聞きます。双方の言い分を信じて聞く事が肝要と考えています」

「一年の話も信じると」

「如何でしょうか？」

彼が是と言うまで天堂は動かない。腹を括ってソファに居続けると、今本が陽光に背を向けた。

「どうぞ。ぼくは構いません」

「ありがとうございます」

天堂は立ち上がる足で今本に駆け寄った。

学院の寮は何処も、五年生になると一人用の個室が与えられる。四階はそれら十室しかなく、下階ほど雑然としていない。

今本に案内されたのは日辻の話に聞いた通り、階段に最も近い一室だ。

それが無実の証明だとでも言うように、今本は扉を開くと、天堂に先を譲った。

「抽斗でもクローゼットでも御自由に」

「一応、用務員の行田さんに立ち会いをお願いしました。行田さん」

天堂の呼びかけで、階段の支柱に寄りかかっていた彼が大股で近付いてくる。今本は嫌な顔ひとつせず、二人を室内へ通した。

検分に長い時間は掛からない。天堂は一目で思った。

十平方米ほどの部屋は三分の一がベッドで塞がっている。カーテンこそないが、支柱を天井付近まで伸ばした天蓋が空間を仕切ってアルコーブの様だ。

大きな窓の前に学習机が置かれて、作り付けの棚は教科書で埋まっている。

クローゼットと洗面所の扉が並んでいるが、部屋の奥行きからどちらもさほど広くないと予測が付いた。

「机周りを見せてもらいます」

天堂が言うと、今本が率先して抽斗を次々に開けた。

「寮監は双方の言い分を聞くと言いましたね」

「勿論。君の話も聞かせて欲しいです」

「ぼくの言い分としては、とんだとばっちりです。ぼくは今朝、いつものようにベッドでぐっすり眠っていました。寮長が扉を叩くまではね」

「瀬尾さんが起こしに来たのですか？」

天堂は一段目と二段目に文具しか入っていない事を確認して抽斗を閉じた。

今本が腕組みをして頷く。

「あの一年達が、ぼくの部屋からラジオの音が聞こえると寮長に報告したんです。慌てて着替えて居間に下りてみれば、確かに聞いたの一点張り」

「口論が激化して、君も挑発を？」

「まあ……言い過ぎたきらいはあります。途中から面倒になってしまって」

三段目の抽斗にはテーピングや湿布、サポーターなどが放り込まれている。

「今本さんは腕に覚えがあるようですね」

「武術クラブを選択していますから。日辻がぼくより背が高くとも、弓削が有り余るほど元気いっぱいでも、サンドバッグも叩いた事のない下級生には負けません」

「獅子王さんの膂力（りょりょく）は計算違いでしたか？」

「小柄な割にはやるようです」

答えた今本からは敗北の悔しさは感じ取れなかった。

天堂は机に続いてクローゼットを検分し、手洗いを備えた洗面所、ベッドの下、果ては天蓋の上まで浚（さら）ったが、ラジオどころか電池の一本も見当たらない。

「今本さん、御協力ありがとうございました」

「どう致しまして」

今本の声が皮肉めいて感じられるのは天堂の自意識過剰だろうか。

廊下から生徒の笑い声が聞こえる。潔白であったとしても部屋を調べられたと噂が広まっては、今本が居心地の悪い思いをしかねない。

天堂は焦ってクローゼットの戸を閉じた。

「行田さん、戻りましょう」

「了解」

答えた時には、行田はドアノブを回している。

廊下を覗いて生徒がいない事を確かめてから出なくては。天堂はドアノブに飛び付いたが、行田と二人分の体重が掛かり、却って扉が大きく開かれた。

天堂は咄嗟に当たり障りのない言い訳を考えた。

幸い、廊下に生徒の姿はなかった。間近で聞こえたように思えたが、神経を尖らせ過ぎただろうか。今本が訝しげな視線を投げる。

「すみません」

「今本」

取り繕おうとする天堂の横から、行田が口を出した。

「一年生は部屋のすぐ外でラジオの音を聞いたのに、今本は聞かなかったのか？」

「五年ともなると、時計台の鐘が鳴るまで熟睡出来る身体になっているんです。気の早い一年が騒ぎ出さなければあと十五分は寝られましたね」

「迷惑な話だな」

「まったくです。寮監、早く対処してください。寮は安心して暮らせる家であって欲しいんです」

「申し訳ありません。善処します」

天堂には未だ全容が摑めなくて、約束するとは言えなかった。

階段を二階まで下りた頃、帰寮した生徒とすれ違い始める。天堂は挨拶を返したが、心ここにあらずとはこの事だ。

今本の部屋にラジオはなかった。

日辻が聞いたと言うラジオの音は何だったのか。

職員用の部屋が集まるプライベートエリアに戻り、声を掛けられて漸く、行田が同行していた事を思い出した。

「もういいか？」

「すみません。ありがとうございました」

「いや、その分の給料はもらってる」

行田は素っ気なく答えて行きかけて、連絡掲示板の前で歩を留めた。

「余計なお世話かもしれないが」

そう言って右腕を持ち上げ、指差したのは――

天堂は行田の姿が見えなくなってから、彼のいた場所に立ち、右を向いた。

今年、今月、今週、今日の予定が貼り出されている。

『今週のベル当番：日辻、弓削』

ラジオの音を聞いたのは。

引き寄せられる、天堂の心が思考と一致した。

7

茶棚と向かい合って、老齢の女性が童謡を口遊(くちずさ)んでいる。緩やかに癖のある髪はすっかり白くなっていたが、背筋はピンと伸びて、指先の動きまで細やかだ。

「ココアはお好き？」

彼女が缶の蓋(ふた)を開けながら問いかけると、ソファに座った三人が身動(みじろ)ぎした。

「ぼくは好きです」

日辻が遠慮がちに答える。

「飲んだ事がありません」

と、弓削。

「ぼくは甘いものが苦手です」

最後に獅子王が頭を下げた。

二人掛けのソファに三人が肩を並べて収まっている。窮屈さはなく、長身に見える日辻もまだ子どもなのだと改めて思わされる。

「日辻さんと弓削さんにはココア、獅子王さんと寮監にはお紅茶を淹れましょう」

言って聞かせるような優しい声音でひとまとめにされた。彼女にとっては天堂も子ども同然らしい。

「寮母」

「はいはい」

「二宮さん」

天堂が暗に急かしても、彼女は手を止めようとも速めようともしない。

生徒は書斎に呼ばれるだけでも針の筵だろう。

普段は職員専用で、寮長を除いて寮生の立ち入りは禁止されている。古い薪ストーブ、脚まで磨かれた上質な調度品、作り付けの本棚を埋める異国の書籍が題名を読めない者に排他的な冷たさを感じさせる。

「いやね、お砂糖が切れていたわ。買い置きはあるかしら」

「二宮さん。就寝時間も迫っております。お話を始めてもいいですか？」

「はいはい」

彼女が茶棚を探し始めたので、天堂は気を取り直して三人に向き合った。

獅子王、弓削、日辻。

日辻が説明を買って出て、獅子王が拳を振るう。その違和感に半日掛けて漸く辿り着いた。

天堂は膝の上で両手の指先を合わせた。

「今本さんと喧嘩をしたのは——弓削さん。君ですね」

呼吸が止まる音が聞こえた。

「寮監。今本先輩を殴ったのはぼくです」

「異論ありません。今本さんも獅子王さんから拳を受けたと証言しています。しかし、決定的な矛盾が生じます」

「何処がですか」

獅子王がまだ細い声を精一杯、低くする。彼の鋭い眼差しが天堂の胸に突き刺さって、言葉に痛みの幻が伴った。だが、事実は詳らかにしなければならない。

天堂は喉の奥で小さく咳払いをして声を張った。

「今週のベル当番は日辻さんと弓削さんです。他の生徒はベルが鳴り、着替えを済ませるまで部屋を出ません。獅子王さんはラジオの音を聞く事は出来ませんでした」

思い返せば、日辻の話には曖昧なところがあった。主に、人物についてだ。

正直者と言うべきか、彼は誰と一緒にベル当番を務めたのか、そして今本が誰を挑発したのかを明言しなかった。

「それで、どうして弓削が喧嘩した事になるんですか？」

日辻が懸命に顔を上げる。

「獅子王さんが庇って、代わりに立ったからです」

天堂の答えが、日辻の瞳から希望の光を奪った。

人の希望が摘み取られる瞬間はどのような場合であっても胸が締め付けられる。天堂が手ずから行ったのなら尚更だ。

「弓削さんは無言を貫いていましたが、唯一、私に獅子王さんは退学になるのかと尋ねましたね。自分の代わりに罰を受けるとなれば当然の心配です」

「…………」

「君達の喧嘩がどれほど険悪であったか、私には分かりません。しかし、今本さんの『殴れるものなら殴ってみろ』という挑発は、まるで相手が手を出せないと知っているかのような物言いに聞こえます」

弓削には絶対に手を出せない理由がある。それは同時に、今本が回避に専念して反撃に転じなかった理由でもあった。

「今本さんと弓削さんは、学院から学費援助を受けて学ぶ奨学生です。問題を起こせば援助が断たれ、除籍を余儀なくされるでしょう」

特技を認められて入学した奨学生は必ずしも学費援助を受ける訳ではないから、入学条件を満たせなくなったとしても一般生として学院には残れる。だが、奨学生(バーサリー)が学費援助を打ち切られれば、学院を去らなくてはならない。

「ここでひとつ疑問が浮上します。禁止された電子機器の所持で責められる立場にある今本さんが、何故、弓削さんに強く出られたのか。違反に学年は関係ありません。では仮に、弓削さんにも別の非があったとしたら？」

天堂はテーブルの新聞を取り上げた。何度も確認したので折り癖が付いている。

「今朝は六時からスポーツニュースが放送されていました。メインは昨日行われた試合のダイジェストです」

寮で受信可能な番組の中で、その時間帯にスポーツを扱っていたのは一局だけだった。放送時間は六時から六時五十分。朝は天気予報や交通情報が有り難がられる事だろう、どの局も三十分から一時間に一回はニュースのマークが挟み込まれている。

「ベル当番は起床時刻までに寮内を廻(まわ)る決まりです。一階から始めて四階に着く頃にちょうど時計台の鐘が鳴る。上級生ほどゆっくり眠れる慣習ですね、日辻さん」

「はい。祖父の頃からの伝統と聞きました」

歴史ある慣(なら)わしは仮令(たとえ)、形骸(けいがい)化したとしても大切に受け継がれるに違いない。

「寮生は五十人。一階に二部屋、二階に十部屋、三階に五部屋の個室があります。四階まで歩くのに要する時間は五分から十分というところでしょうか。長くとも十五分は掛からないでしょう」

弓削が落ち着きなく腰を浮かせようとするのを、獅子王が手を添えて制する。日辻は唇を引き結んで同意も否定もしない。

「君達はラジオの音を聞いて、寮長を頼り、今本さんが起こされました。彼はこう言っています。気の早い一年生が騒がなければあと十五分は寝られた、と」

あとは簡単な逆算だ。

「六時四十五分に今本さんが起こされた。それより前に寮長を訪ねて、一階から四階までベルを鳴らしながら上がる。君達は何時にラジオを聞いたのですか？」

天堂は新聞をテーブルに置いた。

三人が座るソファにゆとりが生じる。左右を挟まれた弓削が肩を窄(すぼ)めて身体を縮こまらせた為だ。

「寮監、オレ……」

「獅子王は先輩の命令を聞いただけです」

日辻が敢然と、言いかけた弓削の言葉を遮った。

「殴れと言ったのは今本先輩です。それだって元は今本先輩がラジオを持ち込んだのが悪いと思います」

「今本さんの部屋にラジオはありませんでした」

「何処かに隠しているのかも」

「彼が帰る際に同行しました。私と行田さんの目を盗んで隠匿するのは不可能です」

「今本先輩の部屋にラジオがあると知っている誰かが持ち出したのでは」

「何の為に？」

「ラジオが欲しかったとか、頼まれたとか」

日辻の反論が焦りで空回りを始める。

「理央、もういいよ」

「弓削は悪くない。ぼくがベルを渡さなかった所為だ。学習室に置き忘れなければ早起きして探す必要もなかった」

「五月蠅え！　二人とも黙ってろ。退学になりたいのか」

怒鳴られて、弓削と獅子王が身を硬くする。日辻はハッとした顔をして、枯れ柳みたいに悄げてしまった。

「ごめん」

「いや」

「オレも」

日辻と獅子王、弓削は沈み込んで、最早、天堂とは目も合わせない。

寮には寮の秩序がある。天堂に報告しようとは思わなかったと彼らは言った。

天堂は、生徒にとって信用に値しないのだろうか。

（ある意味、正しい）

天堂には誰を罰してどう解決すればいいのか分からなかった。

「怖い顔をしているからよ、寮監」

「え……」

いつの間にか天堂も俯いていたらしい。頭を上げると頸椎が軋んだ。

二宮がココアと紅茶を置いて天堂の隣に腰を下ろす。彼女は白磁の陶器に金色で植物が描かれたカップを手に取ると、水面を吹き冷ましてから口を付けた。

「青寮には不思議な話があるのだけれど、あなた方は御存じ？」

平和な笑みを湛えて尋ねる二宮に、天堂は首を振った。三人も知らない様子で沈黙を続けている。二宮が白くなった睫毛を伏せる。

「誰もいない真夜中、居間のテレビが一人でに点いて、時計台の鐘と共に消えるの」

「もしや、怪談の類いですか？」

「私は愉快な事が大好きな妖精が棲み付いているのだと思うわ」

二宮が手を合わせて鈴を転がすように笑った。

学院に於ける生徒の立場は弱い。規則に縛られて、逆らえない相手に叱られて、力尽くで頭を押さえ付けられるような恐怖をかつては天堂も経験したではないか。

(二宮さんがいてくれて良かった)

天堂の背骨が心地よく伸びた。

「妖精では仕方ないですね」

「寮監?」

「寝静まった建物は音が響くものです。居間の隣にはキッチンがありますから、換気口に音が反響して他の階で聞こえる事もあるでしょう」

今回の一件は、複数の意図が重なり合って事態が大きくなってしまった。原因をひとつに定めて全ての責任を取らせる形での対処は単純で明快だが、監督者としては愚かな怠慢でしかない。

天堂は絡まった事実を解きほぐした。

「弓削さん、日辻さん。君達は予定より少し早起きをしました」

「はい」

二人がそわそわと落ち着かない様子で応える。

「起床時間は健康に障りない範囲で個々の自由です。但し、ベルの引き継ぎを忘れた件については今後、くり返さないよう反省して下さい」

「忘れません」

「約束します」

弓削と日辻が交互に首肯する。

天堂は次いで、獅子王と視線を合わせた。

「今本さんはほぼ無傷で明日には痕も残らないようです」

獅子王は眉を顰めたが、頬は紅潮して喜色を浮かべる。

「生徒同士、意見が食い違う事はこれからも起きるでしょう。喧嘩をした時、相手と仲直りをする方法は分かりますか？」

「……互いに己の非を認めて謝罪します」

「大変、結構だと思います」

天堂が頷くと、三人は漸く理解が追いついたらしい。弓削が真っ先に目を輝かせ、両手をテーブルに突いて身を乗り出した。

「獅子王は退学にならない？」

「なりません」

「オレ達も？」

「引き続き勉学に励んで下さい」

「やったあ」

振り上げた手がカップを倒しそうになるのを、獅子王が素早く避ける。日辻は安心したのか涙目になって、二人から顔を背けて深く息を吐いた。

天堂が小声で礼を言うと、二宮が片目を閉じてみせる。天堂は密やかに口の両端を上げて応え、膝に手を突いた。

「私は学習室を手伝いに行きます。折角、寮母が淹れて下さったのです。君達はそれを頂いてから戻って下さい」

「折角淹れたのだから、あなたも持って行って」

「あ、すみません」

二宮が紅茶のカップを天堂に手渡す。兄貴風ならぬ大人風を吹かせたつもりだったが、菓子皿のクッキーまで二枚も持たされては天堂も全く子供の様だ。

「では、失礼します」

締まらない挨拶をして戸口に向かった天堂を、呼び止めたのは獅子王だった。

「寮監」

彼はその黒髪と同様に真っ直ぐな眼差しでこちらを見ている。

「ありがとうございました」

獅子王に続いて、日辻と弓削も慌てて立ち上がり、お辞儀をした。

少しは信用してもらえたのだろうか。

学院には様々な慣習やルール、共通認識が存在する。きっと天堂が知らない秘密の決まり事も山とあるのだろう。

（でも、どうにかやっていけるかもしれない）

天堂は三人に手を振って部屋を出た。

廊下にたゆたう穏やかな静寂に、紅茶から立ち上った湯気が溶けて消える。

心に仄かな光が点る。

時計台の鐘がひとつ鳴った。

☆　☆　☆

回答

それは寮恒例の洗礼だった。

二十一時から消灯までは自由時間と定められている。学習時間中に宿題が終わらず自室に籠る者もいれば、居間でテレビや雑誌を楽しむ者もいる。

テレビは一台しかない為、普段は上級生の希望が通りやすいが、今夜は上級生の姿がなく、三年生と二年生がゲーム機を繋いで対戦ゲームで白熱していた。

「今日は人が少ないな」

トランプを囲む一年生の輪で、日辻が逸早く背後を振り仰いだ。

「獅子王。身元保証人に手紙は書き終わった？」

「ん」

「入るなら配るけど」

別の生徒が山札を掲げてみせると、獅子王はソファの端に小柄な身体を捻じ込んだ。

「やる。弓削、そっち詰めろ」

「狭い！」

長閑な居間とは打って変わって、三階の学習室は不穏な空気に包まれていた。

寮付教師は全員、帰宅して、残っているのは五年生の十人のみである。

今本が扉の横に立って廊下を警戒する。彼の怪力は寮の内外で有名だから、近付く下級生がいても、彼が怖い顔をして用件を尋ねればそそくさと立ち去るだろう。例外の怖いもの知らずもいたが。

「一年の介入は予定外でした」

ただ一人混ざった四年生の瀬尾が口火を切ると、五年生がこぞって嘆息した。

「前回、寮監が替わったのは俺達の入学前だ。面倒な時に寮長になったな、瀬尾」

「しかし、今本。一年坊は適当にあしらえなかったのか」

「騒ぎが大きくなれば、試金石もより強固になるだろう？　俺も弓削も奨学生(バーサリー)だから、まさか暴力沙汰(ぼうりょくざた)に発展するとは思わなかったんだ」

今本が寄りかかっていた壁から身体を起こして不機嫌そうに答える。

瀬尾は机に置かれた古い手帳を開いた。

「記録によると、連日、小さな異変を作り、何日目で音を上げるかで寮監の器を測るとあります。肝を試すという目的からは逸脱していないと考えられます」

歴代の寮長に受け継がれる手帳には、最初の異変は『消しても消えないラジオ』と書かれている。ラジオに細工をして居間に隠しておくまでは順調だった。音がダクトに反響していた事、それが四階で聞かれたイレギュラーは今年が初めてらしい。

「さほど骨のある奴には見えないが」

「頼りにならなそうな匂いがする」

「保身に走って、有耶無耶(うやむや)にしないだろうな」

「そうなればいよいよ信用ならないぞ」

五年生が難しい顔を突き合わせて唸(うな)る。

生徒に寮監が不適格と判断された時の対処法は、寮長の手帳にも書き残されていた。

「明日には沙汰があるでしょう。先輩方は御憂慮なくお休み下さい」

瀬尾は手帳を閉じてシャツの胸ポケットにしまった。

早朝のベル当番は一年生の仕事だ。

対となる消灯時の見回りは、寮長の役目である。

二十三時。

瀬尾は全寮生が部屋に入ったのを確認して、自室へと歩を返していた。規則では一時間前に就寝時間を迎えたが、今日は四年生に分厚い課題が出された所為で、目溢しをせざるを得なかった。照明は四十五分前に消えている。

暗い廊下に差す月明かりは、時折、雲が掛かって闇を齎す。

瀬尾は深夜の散歩を寮長の特権だと思っていた。五年生になれば一人部屋がもらえるが、四年生までは寮で一人になるのは難しい。

いつものように歩幅を弛めて夜気と戯れる彼の耳に、奇妙な音が届いた。

否、声だ。

ラジオのスイッチは直した。

全寮生が部屋に戻ったのは間違いない。

だが、声が聞こえる。

立ち止まって衣擦れを止め、耳を澄まして漸く聞こえる囁き声は、居間に近付くに連れて次第に言葉の輪郭を表し始めた。

「あれ？　気に入らないかな」

誰かと会話するかのような声。

瀬尾は壁に身を寄せて、慎重に居間を覗いた。

「それじゃあ、私の故郷に伝わるお伽話なんてどうでしょうか。楽しい話だから、君も涙が出るほど大笑いしてしまうかもしれません」

寮監だ。

何もない虚空に向かって、天堂が笑顔で語りかけている。一人で笑う声があまりに朗らかで、気味の悪さに瀬尾の背筋が凍り付いた。

彼には何が見えているのだろう。

瀬尾の警戒心が最大に差し掛かった時だった。

「私でよければお話し相手になります。ですからどうか、生徒達が健やかに暮らせるよう見守っていて下さい」

天堂が虚空に微笑む。

瀬尾は二人の会話を邪魔しないよう、静かにその場を離れた。

翌日、事態は有耶無耶の内に収束させられたが、誰も文句は言わなかった。

上級生の間で忍びやかに流れた噂は二種類。

一件についてはお咎めなし。

それから、新しい寮監は寮を守護する幽霊と話が出来るらしい。

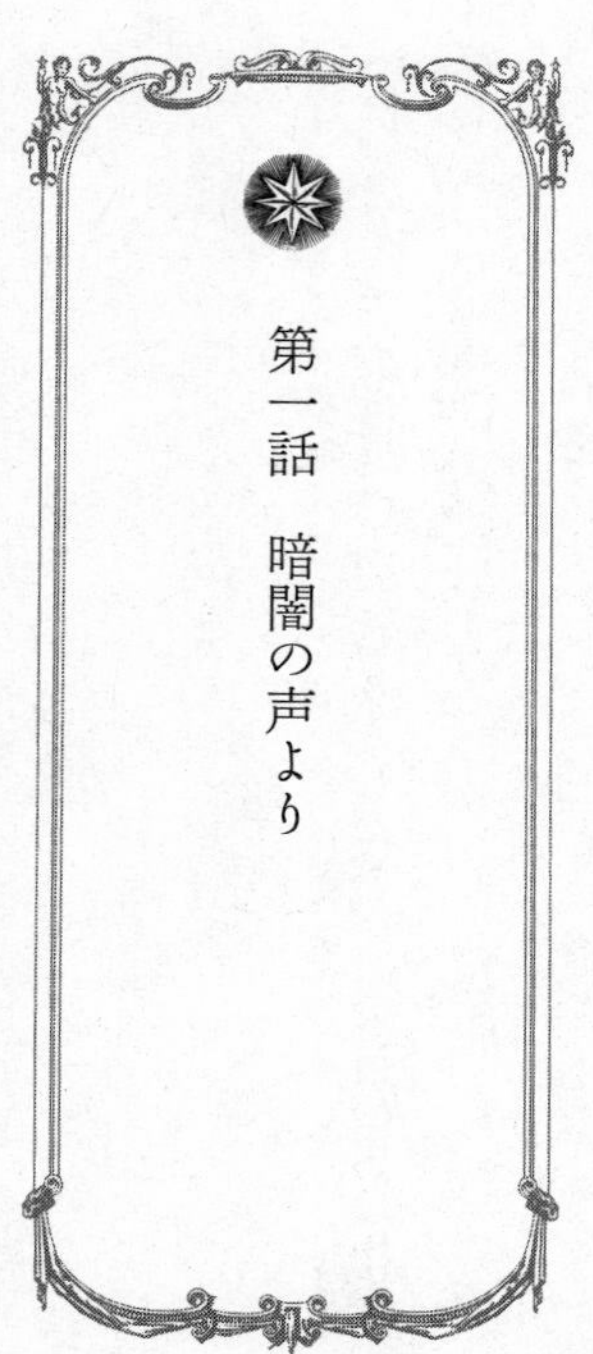

第一話　暗闇の声より

問一

男は彼を部屋に閉じ込めました。
室内で二人。彼は外に出たがりましたが、二人目の男は出ないと言います。
何を尋ねても嘘ばかり。
何故でしょう？

1

名門校の伝統というものは、必ずしも積み重ねた偉業を指し示す言葉ではない、と日辻理央は考える。

祖父が所属する経済クラブは私立シードゥス学院の卒業生のみで構成され、父が重役を務める企業でも取引先でも、卒業生である事実が信用保証となる。母は今時珍しい箱入り娘だったが、彼女の両親は相手がシードゥス学院出身と聞いて即座に態度を軟化させたらしい。

あの学院の生徒ならば間違いない。

だが、厳しい審査基準を設けようと、難関と呼ばれる試験を課そうと、毎年全ての新入生が才覚ある模範生徒であるとは限らない。

新入生は入学するとまず伝統という名の目標を示される。

歴代の卒業生の名が壁に刻まれた講堂で校長の有り難い訓示を聞き、先人の高名を貶（おとし）めず、正しき生徒であれと重圧を籠（こ）めた呪いを掛けられるのだ。

日辻には諸先輩の本心を知る術はない。仮に陰では疎ましく思う者がいたとしても、学院の卒業生が受けられる恩恵を思えば好き好んで棒に振る事はないだろう。

（そういう難解な仕組みは性に合わないんだけどなあ）

無意識に出た溜息が水音に紛れて消えた。

渡り廊下の床下を通るせせらぎだ。構内を流れる小川で、授業が行われる校舎と教員の準備棟を隔てている。

生徒の間では、明確な線引きを示して教師への敬意を忘れさせない為だとか、テスト問題を盗み見ようとする不届き者の侵入を防ぐ為などと語られるが、日辻が祖父に聞いた話によると、敷地の拡張工事の際に川を残す目的で掛けられた橋が数年の後に渡り廊下になったらしい。

その証拠に、日辻はゲートに阻まれず準備棟に渡れる。

寧ろ、通常の試験でないとは言え、学力考査期間に生徒の往来を制限しなくて良いのだろうか。

準備棟の共同職員室にも生徒の姿が散見された。日辻は戸口で挨拶をして、窓際の空席で立ち止まった。

「川上先生は運動休憩に行っているよ」

隣席の教師に教えられて、日辻は聞き慣れない言葉の理解を試みた。

「運動……という事は、体育館ですか？」

「いや、その辺の廊下にいるんじゃないかな。長時間のデスクワークは身体に害だから、三十分置きに立って歩くよう指導されているんだ」

「先生方にも校則があるのですね」

「ざっくばらんに言うとね。相楽先生は校内の健康状態を預かっていて、教師も例外ではない訳だ」

言った傍から、隣席の教師も椅子の上で伸びをする。

「ありがとうございます。廊下を捜してみます」

「御苦労様」

彼の背骨が、背凭れの軋みより大きな音を立てた。

教師は日辻の想像以上に重労働のようだ。

私立シードゥス学院は他校に比べて教員の人数が多い。科目ごとに成績順でクラスが分けられるが、一年生でも一クラス当たりの上限は二十人、受験を控えた五年生ともなれば七人程度しかいない。仮に小テストを行って採点するとしても、受け持つ生徒は少人数だ。養護教諭の指導が入るほど根を詰めていたとは予想外である。

「早く届けて戻らないと」

日辻は手にしたノートを確りと掴んだ。

準備棟は創立時からある建物のひとつで、それと分かる片鱗が其処彼処に確認出来る。まず高い天井が例に取れるだろう。空調がなかった時代、室内に籠った熱を逃す為に十分な高さに設計された。

床から梁までと同じ長さだけ柱を上へ辿って、漸く目線が行き着く天井は暗く、夜に見上げれば夜空と変わりない。

木枠に古いガラスを嵌めた簡素な窓は防犯には不向きで、一年中、鎧戸が鎖されたままの部屋も多い。扉も鍵穴は内から外へ貫通しており、どちらからも鍵を使用して開閉する古風な造りだ。

窓と同様に、何年も開閉されていない扉がある。

日辻が聞いた噂では、体罰が罷り通っていた時代の仕置き部屋が封鎖されて、当時の鞭や拘束具が保管されているという。

宿題を忘れたら。成績不振に陥ったら。居眠りをしたら。

恐怖の想像に身震いして、日辻は足を速めた。

共同職員室から北へ歩いて、階段前の角で西に曲がる。途端に照明の数が減り、窓もないから見通しが悪い。数少ない照明も足元に間を空けて点る非常灯だけで、人が横切って明かりを遮れば容易に暗闇と化す。

運動休憩でこんな所を歩くだろうか。自分が行きたくない気持ちを川上の代弁として、日辻が階段へ足を向けようとした時だった。

何か聞こえた。思い返してみると足音のようにも思える。

日辻はひとつめの非常灯まで進んでみた。

「川上先生」

呼びかけるが返事は聞こえない。

日辻はまた次の非常灯まで歩いた。

「先生、そこにいらっしゃいますか？」

バタン。

扉が閉まる。

日辻は非常灯を三つ横切った。音が聞こえた時に非常灯の四つ目が点滅して見えたから、この扉が開いたのだろうと当たりを付ける事が出来た。

蛍の様に頼りない光を頼りに扉に顔を寄せる。古い木の香りがする。日辻は両の目を細めて扉に打ち付けられた札を凝視した。

『保管室』

強く撥ねた日辻の心音を聞き咎めるかのように物音がした。部屋の中からだ。

鼓動が速くなる。

(大昔の話だ。ただの噂だ)

日辻は毅然と顎を引いた。

「川上先生？」

静寂の一秒後、
風圧で扉が開いたのを認識する前に、日辻の身体は前のめりになっていた。踏鞴を踏んでようやっと踏み止まった彼の背後で扉が閉まり、冷えた金属音が鼓膜を突いた。


ガリガリ、ガチャリ。


「は……」

日辻は体勢を立て直してドアノブに飛び付いた。

堅い。ドアノブが何かに閊えるように回転を阻まれている。扉は押しても引いてもびくともせず、苦し紛れに覗いた鍵穴の向こうは真っ暗だ。

「先生？」

扉に手を当てて耳を近付けたが、答える声はない。

日辻は混乱を鎮める根拠を脳内で検索した。

川上が日辻を処罰する理由はない。まず、現在では体罰は行われておらず、過去の体罰にも監禁は含まれていなかった。

私怨。悪戯。事故。現状が徐々にあり得そうな可能性に落とし込まれていく。

「誰かいますか？　誰もいないですか？」

沈黙に耳を澄ませて扉が開くのを待つ。一向に鍵が開く気配はない。

川上が日辻に気付かなかったのではないか。中に取り残されているとは思わず、鍵を掛けて共同職員室に戻ってしまったのかもしれない。

（まずい）

俄かに湧いた焦りが日辻の二の腕に鳥肌を立てる。

「先生」

日辻は拳で扉を叩こうとした。

「静かに」

低い声。荒い息遣い。

日辻は身を翻して扉に背中を付けた。

誰かいる。

暗い、一筋の光も差さない室内で、空気が鈍く動いた気がした。

★

「雲の匂いがする」

窓際の机に突っ伏して、弓削が頭をごろんと動かした。彼の大きな目に映る青空には、成程、名残の夏雲が悠然と浮かんでいたが、獅子王の納得には結び付かなかった。

「雲に匂いがあるのか？」

「知らね」

弓削はすぐ無責任な物言いをする。

獅子王が弓削、日辻と行動するようになったのは、入学直後の事件に端を発する。上級生に食ってかかった獅子王を、他の一年生は遠巻きにして様子を窺っているところがあった。二人が獅子王に構うのは責任を感じての事だろう。

「弓削が言ったんだろ」

獅子王が憮然とすると、弓削が寝癖を立てて飛び起きた。

「何となくのフィンキだって。分かれよ。感じ取って汲み取れよ」

「分からん。あと、雰囲気」

「フィンキ」

「雰囲気」

「せんたっき」

「洗濯機」

「サルミアッキ」

「舌が一周するほどまずいらしい」

「食ってみたい」

弓削が無邪気に笑って机を叩く。獅子王は失敗すると分かっていて自ら火中の栗を拾いに行くような真似をするのは御免だ。

「好奇心は猫を殺す、か」

「いきなり怖い事呟くなよ。猫が可哀想だろ」

「弓削は無謀だと思っただけだ」

「獅子王に言われたくない」

「こちらの台詞だが？」

「オレは楽天的なの。ポジティブ」

語気を強めた弓削を後押しするみたいに、風がカーテンをはためかせる。額に掛かった前髪と共に獅子王の頭に居座る不可解さが吹き飛ばされて、静けさと涼やかな呼吸が残った。

弓削が喜んで椅子の上に飛び乗り、複雑な形状の紙飛行機の折り目に爪を立てる。嘘みたいに真っ白な紙は光で織ったグライダーの様だ。

「器用だな」

「理央に作ってもらった。この高さなら敷地の外まで飛ぶぜ」

弓削が窓枠を掴(つか)んで身を乗り出す。

獅子王は教室の外を遠く眺めた。

「ああ、雲の匂いがする」

「だろー」

紙飛行機が青空を横切る。鐘が授業の始まりを告げた。

2

鐘の音が闇に溶ける。

日辻は摺(す)り足で扉の前から左手に身体をずらした。視界の利かない状況下で、自分の位置が一方的に相手に知られている事に恐怖を感じたからだ。

扉は開かない。声を上げられない。

闇に潜むのは何者か。

日辻の左肩が棚に閊える。思わず息を呑んだ口元を手の平で押さえて吐息を細く吐き出した。

「静かにするんだ。無用な怪我はしたくないだろう？」

バリトンの低音で忠告されて、しかし、日辻は安堵もした。

声は明後日の方向に投げかけられている。相手も日辻の位置を摑めていないようだ。

さほど広い部屋ではないだろう。居場所を気取られるのは危険だ。日辻は棚伝いに声から離れて、音を聞かれないよう慎重にノートのページを切り取った。

胸ポケットの万年筆を取り、右膝を持ち上げて腿で文字を綴る。力を入れてペン先を紙に押し込む事が出来ればインクは掠れても構わない。

日辻は紙を軽く丸めて天井に投げた。飛んで来た方向を悟らせない為だ。

天井に当たった音。床に落下する前に一拍、転がり、拾って、広げられる。

指先で紙面をなぞったのが分かった。

「『だれですか』？」

日辻が綴った文章を読み上げて、闇中の誰かが鼻で嗤った。

「私を知らないとは、当校生徒の質も落ちたものだ」

嘆く声音に日辻は謝りかけて、咄嗟に口を噤んだ。

シードゥス学院の生徒が知っておくべき人物。

まず絶対の存在は創設者。講堂のエントランスに肖像画が飾られており、全校生徒が顔を見知っているが、疾うに他界している。

次に校長の水上。入学後の特別講義で壇上に立つ姿を見たきりだが、彼女の声はアルトの調べで、高圧的ではあれど口調に感情を表す瞬間はただの一度もなかった。

反対に、他寮の職員などは卒業まで面識を持たないと祖父から聞いた覚えがある。

(先生……だとしても謎が多過ぎる)

日辻は切り取ったノートに万年筆を当てた。そして先程と同じく天井を狙う。

闇中の誰かが紙を広げた。

「『なぜここに』。ふむ」

質問を咀嚼するように頷いて、それは答えた。

「当然、君のような生徒を取り締まる為だ」

日辻は万年筆を握った。

『ばつをあたえるためにとじこめるのですか』

「閉じ込める事も罰の一環と言える」

『なぜ』

「君が出来の悪い生徒だから」

突然の糾弾に、日辻は全身を凍り付かせた。言われのない罪だ。しかし、彼を強張らせたのは言葉の内容ではなく声そのものだった。

室内は依然として闇に落ちている。自分が本当に目を開けているのか自信を失うほどだ。にも拘らず、声が真っ直ぐに日辻の方を向いたように感じられた。

偶然だろうか。日辻は乱れそうになる呼吸を必死で抑えた。

それは言う。

「入射角と反射角は習っただろう。光や音、物は当たったのと同じ角度で跳ね返る」

日辻の脳裏に教科書の図解が過った。

彼の言葉は正しい。地上には規則性を持った物理法則が在る。でなければ、野球のバットはボールを打つ度に予想も付かない方向に飛ばして、鏡は必ずしも前に立つ人の姿を映さないだろう。

日辻は四回、ノートを丸めて投げた。

「天井に当てれば投げた位置を誤魔化せると思ったなら勉強不足だ。この部屋にいるのも納得だな」

隠しても意味はない。日辻は渇いた喉に声を通した。

「ぼくは自分を劣等生とは思いません」

「存外、可愛らしい声をしている」

「揶揄(からか)わないで下さい。ぼくは真剣です」

闇中の誰かは嗤うのをやめない。

「何を言おうと語るに落ちるだけだと思うが、まあ聞こう」

「ぼくは入試で合格点を取り、面接を受けました。学院に相応(ふさわ)しくないと判断されていたら入学出来ていません」

「君は優秀な生徒だったかもしれない。初等教育までは」

区切られた期限が余りに近くて、日辻は身を怯(ひる)ませた。

「入学までの一ヵ月でぼくが堕落したと仰(おっしゃ)るのですか？」

「などと問う発想こそ井の中の蛙(かわず)だ。鶏口となるも牛後となるなかれ。初等学校では優秀の部類に属せたらしいが、この学校ではどうだろう？」

日辻は言い淀(よど)んだが、正直に答えるしかなかった。

「成績上位クラスには入るのは難しいと思います」

彼が一般生である事からも明確である。才能で奨学生(スカラー)には及ばない。入試の困難さで語るなら、弓削ら奨学生(バーサリー)や獅子王ら越境生(ウォード)の方が厳しい審査を通過している。

シードゥス学院の門は狭く、毎年、半数以上の受験生が振り落とされる。また、卒業生は社会で重用されて様々な恩恵に与(あずか)る事が出来る。

だが、校内では全員が等しく呪われた子供だ。

相応しき生徒であれと入学と同時に重圧を課せられ、競い合う。

学内の競争で、日辻が鶏口に立てる分野はない。

「関係ありません」

「お？」

疑問を示されて、日辻は闇を見据えた。

「ぼくはシードゥス学院の生徒になれて誇らしく思います。牛後であろうと恥じる謂れはありません」

「んー……うんうん。どうかなあ」

張りのある繊維が擦れ合うような、硬質で軽い音が日辻の鼓膜を引っ掻く。

「君の話し方は実に高貴だ。立ち居振る舞いが見えなくて残念だよ」

「ありがとうございます」

「そんな風に育ててくれた御両親が、今回のクラス分けで君が下位クラスに甘んじたと知ったらどう思うだろう」

鼓膜を通り過ぎた声が脳で像を結ぶ。入寮の日、両親は感慨深そうに何度も日辻の姿を見て微笑んだ。学院に入る事を強要こそしなかったが、誰よりも喜んでくれたのは両親だった。

　日辻の手に触れるノートが、急に異物に感じられる。自分の身体がどんな形をしているのか、どちらを向いているのか分からない。

「口では気にするなと慰めて、努力を認めるのだろうね。君を見れば分かるよ。きっと優しい人格者に違いない」

「そうです。両親は優しい人です」

「だから心の中に秘めるんだ。期待も、落胆も」

　制服のズボンの裾に風圧が触れる。気が付くと、日辻の手はノートを取り落としていた。頭がくらくらする。

「これが罰ですか？」

　日辻は左手を目頭に当てた。鼻の奥が詰まった痛みで意識を自覚する。

「『保管室』には過去、体罰に使われた教鞭や拘束具が残されていると聞きました。現在は体罰が禁止されているから、精神的に罰するのですか？」

「……罰は、本人が罪を自覚していなければ無意味だ。君は自分の罪を言葉にする勇気を持っているか？」

　抑えたバリトンの響きが闇を伝って日辻の皮膚を侵食する。

　日辻は下を向いた。右足の爪先に開いて落ちたノートが覆いかぶさっている。

　罪の自覚。告解。

成績の悪さを危惧するまでもなく、日辻は両親の顔に泥を塗ったのかもしれない。震える喉が声を螺旋に捻じ曲げるようだった。

「先生、と」

呼吸が上擦る。

「続けて」

バリトンが促す。

逃れられない懲罰の部屋。

日辻は奥歯を噛み合わせて暗闇に視線を上げた。

「先生と金品の授受を行う事は規範に反します。ぼくの認識が甘かったです」

重苦しい沈黙が闇に横たわる。

ノートの間からそれが滑り落ちて、冷たい床に転がった。

☆

時計の針が進むに従って、獅子王の忍耐は限界半ばに差し掛かりつつあった。

「なあ、理央まだかな。なあなあ、獅子王」

弓削が借り物のバスケットボールを持て余して、くり返し宙に投げる。

体育館の船底天井に反響するドリブルと靴底の音は絶え間なく、飛び交う掛け声は試合中に匹敵するほど真剣だ。

八時間目はクラブや特別授業など、生徒が個々にカリキュラムを選択出来る。新入生には一月の猶予が与えられて希望を提出するまでの見学期間とされた。

猶予というと聞こえは良いが、午前中に学力考査を受けて、午後に通常の授業を三時間、そこに加えて見学に回るのだから、余程熱心な生徒以外は眠い目を擦って義務を果たすのがやっとだ。

獅子王と同じ見学の一年生が体育館の壁沿いに並んでいる。彼らもボールをひとつずつ貸し出されていたが、一様に両手で抱えるだけで、遊んでいるのは弓削だけだ。

獅子王は視界の端で上下するバスケットボールに手を伸ばした。

「前を向け。何度訊かれても答えは変わらない」

「獅子王は理央が心配じゃないのかよ」

小憎たらしい事に、弓削は獅子王の腕を容易に躱してボールを指先で回転させる。

今度こそ。獅子王が狙いを定めたのを見透かしたかのように終業の鐘が鳴った。

「集合。一年生はボールを籠に入れて帰っていい」

指導教師が上級生を集めて円陣を組む。

見学者がぞろぞろと帰る中、弓削が見様見真似のフォームで籠にボールを投げ入れたので、獅子王も構えを取ってみたが、放たずに戻した。入る気がしなかった。

「なああ、なー」

「弓削はもっと訊く相手を選べ」

体育館のエントランスは靴を履き替える生徒でごった返している。獅子王は順番を待って靴に足を押し込み——と言っても、サイズが大きめなので靴紐を緩めるまでもなく踵まで入るが——生徒の流れとは別の方向に歩き出した。

「何処行くんだ？」

弓削が左足の靴紐を結びながら、右足だけで器用に飛び跳ねて追い付く。

「授業準備室。日辻は川上先生に用事があると言っていた」

「あー、あの美容院行ったばっかのアルパカみたいな。何の先生だっけ」

「三年と四年の生物学」

「他の学年の先生に何の用だろな」

獅子王は内心ではアルパカについて詳しく尋ねたかったが、本筋を逸れて踏み込むほど気安い仲でもない。

「そうと決まれば早く行こうぜ」

「痛い。おい、待て」

弓削が獅子王の背中に平手を喰らわせて、上機嫌な足取りで駆け出す。獅子王が小走りで並ぶと弓削が負けじと速度を上げるので、準備室に着く頃には全速力の徒競走になっていた。

アルパカの疑問はすぐに解けた。

「日辻さん？　来ていないけど」

川上が椅子を引いて獅子王達の方を向いた。

面長の顔立ちに長い睫毛。毛先までセットの行き届いた髪はバロック時代の音楽家に似て洗練されており、首を伸ばした佇まいが成程、アルパカを彷彿とさせる。

「川上先生に用事があると言っていたので」

「一年青寮の日辻理央だよ、先生。忘れてるんじゃない？　ですか？」

弓削が詰め寄ると、川上は両手の平を前に立てて上体を退けた。

「そう睨まないでおくれ。僕も用事を頼んだので、早く来て欲しいと思っているんだ」

「用事というのは何ですか？」

「え」

獅子王の問いに、川上の表情が曇る。獅子王は眉根を寄せた。

「先生は一年生の受け持ちではありませんよね。日辻に何を頼んだんですか？」

「いや、大した用ではないけれど、偶然？」

「偶然の意味が解りません。答え難い事をさせたんですか？」

獅子王が眼光を鋭くすると、川上がいよいよ押し黙る。理解の追い付かない顔で二人を見比べていた弓削も不穏な空気を察知したらしく、更に一歩前進して川上と膝を突き合わせた時だった。

「川上先生を訪ねて来た生徒ならいましたよ」

隣席の教師だ。彼は自分の机に置かれた薄桃色の封筒にカッターを入れて、封入されていた数枚の印刷物を広げる。

「先生。理央は？」

「誰って？」

先走る弓削の肩に手を置いて制し、獅子王も同じ問いを重ねた。

「川上先生を訪ねた生徒は何か話していましたか？　何処へ行くとか、出直すとか」

「運動休憩中だと伝えたら、捜してみると言っていたかな。廊下を歩く人が多いと教えたから、校内にはいると思うよ」

隣席の教師が印刷物とカレンダーを照らし合わせる。印刷された健康診断の文字に、教師と川上が辟易するような苦笑いを交わした。

3

汗が皮膚にシャツを張り付ける。

空調の音が聞こえない。窓がなく、陽の光が室温を上げる事はなかったが、まだ九月の昼日中だ。

暑さで倦怠感を覚えていても奇妙しくはなかったが、日辻の身体は寒さで今にも震え出しそうだった。骨の芯まで凍ったみたいに悪寒と鳥肌が消えない。

「自覚出来たかね」

バリトンが語りかける。

謝罪の言葉は日辻の喉で掠れて音にならなかった。

闇に塞がれた瞼の裏に浮かぶのは両親の姿、教師、寮母、寮監、そして友人。いつもなら笑顔で思い出される彼らの表情がぼやけて曖昧になる。

色褪せる。

遠ざかる。

声を忘れそうだ。

「日辻」

「！」

名を呼ばれて、日辻は急速に我に還った。

「獅子王……？」

「理央、何処だー」

当て推量なのか、声はまだ遠い。

「幸希」

「静かに」

闇の中で衣擦れが動く。日辻が反射的に後退りすると、靴の上からノートが落ちた。

「友人がぼくを捜しています」

声を潜めた日辻に、潜めた声が答える。

「今応えれば、秘密を知られるぞ」

「罪は露呈すべきでは？」

嘘偽りなく白日の下に晒して罰を受けなくてはならない。日辻の喪失感に似た恐怖は、闇の中で否定された。

「全てを打ち明ける必要はない。御両親や友人に幻滅されたくはないだろう。私はその為にいるのだから」

「罪を隠すのですか？」

「一人で隠せば賢しい隠蔽だ。が、罪の記憶を分かち合い、心に刻む者がいれば、君は二度と過ちをくり返さない」

「両親でも友人でもなく」

「即ち私が、君の束石となろう」

「だから、この部屋は暗いのですね。先生がどなたか分からないように」

校内に自身の罪を知る者がいる。他者を介する意識は戒めとなり、時に安堵となり、誓いを守る礎を築く。日辻の罪は闇に葬られ、再び道を踏み外そうとすれば、彼の存在と今日の記憶が日辻を律する。

両親には伝わらず。弓削にも獅子王にも知られず。

日辻はこれまで通り、模範的な優良生徒と認識されるのだろう。

（今までと変わらず？）

「理央」

弓削が彼を呼んでいる。

日辻は膝をたたんでしゃがみ、手探りでノートを拾った。

（醜い嘘を抱えて）

ノートの表面を払う手が埃でざらつく。

「弓削。上の階に行ってみよう」

「寮に帰ったって事ないか？」

「そうだな。一度、戻ってみるか」

獅子王と弓削の会話が徐々に聞こえ難くなる。

（ちっぽけな虚栄心、くだらない自己保身）

守りたいのは自分の居場所、侵されたくないささやかな自我。自ら招いた侮蔑の種。冷たく硬い地面を掘って、深く暗い穴の底に埋めて、罪悪感で蓋をする。

（そんなつまらないものに魂を売り渡すのは御免だ）

日辻は視線を強く上へ向けた。依然として目は何も捉えなかったが、定めた心は質量を確かにして闇を退け、身体の輪郭が形を取り戻すのを感じる。指先まで力が行き渡って、手にしたノートが外界の存在を確立させた。

決意を告げて、部屋から出してもらおう。外に出て、弓削と獅子王にこの身の穢れを晒さなければならない。彼らの糾弾或いは失望こそ日辻が背負う罪の代償だ。

「先生」

腹を括った日辻に、闇の中の声が厳かに諭す。

「充分に反省したのなら、鍵を置いて出て行きなさい。光の下に出た時、君は新たな自分に生まれ変われる」

「……？」

日辻は眉根を強張らせた。

彼は日辻の決意に気付いていない。まだ話していないのだから意思の疎通に至らずとも当然だ。しかし、彼の言葉は肝心な部分がずれていた。

（『鍵を置いて』？）

学院の設備は創立の歴史に準じて古く、扉の鍵穴は内から外へ貫通しており、開閉には内側からも鍵を使用する。

鍵がなければ外に出る事は出来ない。

日辻は降って湧いた疑念の意味を理解しかねた。だが、闇の中の声が発した言葉はある事実を示唆している。

「先生からお先にどうぞ」

「君を残して行く訳にはいかない。そう、立場上無理なのだ」

「落とし物をしてしまったので、ぼくは部屋を明るくして探してから出なくてはなりません。先生のお顔を見ては、折角のお心遣いが無駄になります」

「駄目だ。私がいなくとも部屋を明るくしてはいけない。理由は、いずれ分かる」

威厳を示していた声が語調を乱して、強引に話の帳尻を合わせようとする。

日辻の額に熱が集まって、疑念がひとつの可能性と結び付いた。

（もしかして、彼も出られないのでは？）

支配者がその座から失墜した時、人は歪められた現実を偏向なく把握し始める。

日辻が保管室に入った時、扉が開き、彼の身体は前のめりに倒れ込んだ。

闇の中の誰かは光の届く位置にいなかったから、腕を掴(つか)んで引き摺(ず)り込む事は出来ない。

浮上する別の可能性。

日辻は、背中を押されたのではないだろうか。

鍵が掛けられた音は思い出せる。しかし、闇の中の彼は鍵を持っておらず、その事実を隠している。

彼も同じように突き飛ばされたのか。元々は開放されていた部屋にいたところ、外から施錠されたのか。経緯は想像の域を出ないが、推測の成り立つ事実もあった。

日辻を閉じ込めた人物は、闇の外にいる。

（誰が、何の為に。教師なのか、生徒なのか。この人は何故、嘘を吐いた？）

気付いた事を悟らせてはならない。日辻は本能的に新たな危機感を抱いた。

「分かりました。暗いのでゆっくり移動します」

背を付けて棚を伝い歩く。肘(ひじ)が角に触れて段差に身体を落とし込む。腰にドアノブが刺さる。右腕を横へずらすと、指先が鍵穴の窪みを捉えた。

僅かに光が漏れている。

古い鍵だ。どうにか開けられないだろうか。

日辻は扉の表面をなぞって腰を下ろし、鍵穴から外を覗いた。

「……ッ」

刹那、日辻の心臓が止まりかけた。

目が合った。

外側から鍵穴に切迫した眼球が、瞬きをして瞼を押し開く。

日辻は真っ青になって飛び退った。

身体が棚にぶつかる。肘が痺れて痛む。背後から落下音と風圧が押し寄せて、日辻は見えもしないのに暗闇の方を振り返った。

棚から落ちた物の音は、頻繁ではないが聞き馴染みがあった。

（紙の束？）

保管室には、体罰が罷り通っていた時代の鞭や拘束具が保存されているはずだ。

（誰が、どうして、何が……）

日辻は混乱から逃げるようにノートを持つ手に力を籠めた。

☆

準備棟の廊下を弓削が縦横無尽に駆け回っている。

「理央」

「弓削。上の階に行ってみよう」

運動には階段を使った方が効果的だ。獅子王の提案に、弓削も一度は頷いたが、階段下まで辿り着いたところで足が鈍った。

階段の先は真っ暗で、永遠に終わりが見えない。弓削の細い喉が微かに上下して緊張を飲み込んだのが分かった。

「寮に帰ったって事ないか？」

獅子王は暗闇に恐怖を覚える性質ではないが、日辻が川上を捜し歩いているならば、彼のいる場所は照明が点っているだろう。暗い場所を捜しても徒労に終わりそうだ。

「そうだな。一度、戻ってみるか」

弓削があからさまにホッとした顔で踵を返す。獅子王も彼に続いて元来た廊下を戻り始めた。

角を曲がって明るい場所に出ると人の往来も戻ってくる。規則的に歩を踏む教師や生徒に紛れて、当て所なく徘徊する教師がいる事に獅子王は今日初めて気が付いた。

「理央、具合悪いのかなあ。飯食えるといいけど」

「七時間目は元気そうだったけど。売店でお菓子も買っていた気がする」

「そうなのか？　いつもならチョコレートバーは甘過ぎるって食べないのに」

「意外だ」

獅子王の認識不足である。知っていれば、その場で日辻の調子を訊く事も出来た。行方を捜す段になって後悔しても遅い。

「弓削は日辻と付き合いが長いんだな」

殆ど独白に近い獅子王の呟きを、弓削は耳聡く聞き付けて、愉快がるように粘着質な笑みを浮かべた。

「羨ましい？」

「違う」

「照れるなって、この寂しがり。獅子王も友達。ちゃんと友達」

「誰も求めていない――」

反駁が途切れたのは、獅子王が別の動作に意識を奪われた所為だった。すれ違った生徒の腕を掴んだ彼に、弓削が一番動揺する。

「獅子王。上級生にいきなり、どうしちゃったんだよ」

制服に合わせたネクタイは赤(ルーフス)、襟章にはⅢの文字が刻印されている。

「何？」

ジャケットの布越しに上腕筋の隆起が感じ取れる。獅子王は振り払われる前に彼の手首を鷲掴(わしづか)みにした。

「先輩。それ、何処で拾ったんですか？」

三年生の手には、複雑な形状の紙飛行機が握られていた。

4

鍵穴(かぎあな)に再び顔を近付けるには勇気が要った。

日辻は襟の上から心臓を押さえて、鍵穴に額を寄せた。

眼球はなかった。

代わりに、反射する物もなくなった光源——おそらく非常灯の明かりは頼りなく、室内を照らすには程遠い。

日辻は紙を一枚抜き取って、鍵穴と顔の間に引き上げた。

ぼんやりと浮かんで見えたのは、印刷されたシードゥス学院の校章。

理解が、日辻に血の気を引かせた。

「どうしたのかね」

闇の中の声が尋ねる。

日辻は扉を背に、ゆっくりと立ち上がった。

「貴方はとても賢い人ですね。瞬時に思考して臨機応変に対処する能力に長けている」

「褒めてもらえて嬉しいが、話は外に出てからでも良いのでは？」

バリトンが訝しげに声音を曇らせる。

「外に出れば、貴方と話す機会は訪れないでしょう。お互い顔も見えないのですから。出て行く前に少しだけお話しして下さい。二度と会えないと思うと名残惜しい」

「……君の気が済むのなら」

「そう言って下さると思いました」

日辻はにこりと笑った。空気が和らいで感じられたのは、彼に見えたからではなく、日辻の心が表情筋の動きに釣られた所為だろう。

「貴方は、ぼくの罪はぼくが自覚しなければ意味がないと言って、自発的に罪を認識させました」

「大事な事だ」

「はい。ですが、話の順序は効率的とは言い難いと思います」

「どういう意味かね」

声が半音下がる。日辻は固い息を呑んで意識的に笑顔を保った。

「説教をする時、両親は必ず論点を明確にしてから話を始めました。何について叱られているのか分からない状態では、理不尽な罵声を浴びるのと変わりありません」

「それは君の家に限った話ではないだろうか」

「だとしても、一貫性は示されるべきです。ぼくの非に焦点が当たる前と後では、貴方の論点は異なるところにありました」

「記憶にないな」

「ぼくは覚えています。いえ、思い出しました」

日辻は踵を扉の下端に数回当てた。紙が擦れる音がする。

「貴方は一度、大きく言い澱みました。ぼくが学院の生徒として誇りを持つ事に成績は関係ないといった主旨の発言をした時です。これ以降、貴方は罪悪感を煽り、ぼくが両親や友人に負い目を抱く方に話を誘導しました」

期待と落胆。幻滅を忌避する隠蔽。

靴が床を踏む音がする。

「それまで、貴方は別の罪を想定して話していました。初等教育までは優秀な生徒だった、出来の悪い生徒、この部屋にいるのも納得だ……って」

保管室の噂を信じていたのも良くなかった。日辻は保管室を、過去の体罰に関連する部屋だと思い込んでしまった。

だが、ここにあったのは――

日辻は足元の分厚い封筒を拾い上げた。

「さっき棚から落ちたものです。暗いですが、顔に目一杯近付けたら紙の端に刻印された校章が見えました」

学院の売店で取り扱われる文房具には校章が入っているが、ノートは表紙だけで、用紙単体に印刷したものはない。紙に校章が印刷される例には、生徒会長などの任命書、スポーツ大会などの賞状が挙げられる。

それらの中でも、日辻の様な一般生徒が目にする機会は唯ひとつ。

「学力考査の問題用紙です」

試験期間中の準備室に生徒の出入りが許されるのは、重要な書類が置かれていないからだ。

鍵の掛かった保管室。

「そうとも！　ここは試験問題を保管する部屋だ。私は教師として、侵入者である君に罪の重さを説こうとしたに過ぎない」

声が芝居がかった物言いを闇に放った。硬質な衣擦れが身振りの音だけを伝える。

「だとしたら、途中で軌道修正する必要がありましたか？」

「何の事だ」

「貴方は、ぼくの目的も問題用紙だと思いました。教師を装って説教してやり過ごすはずが、ぼくがこの部屋を誤解している事に気付いて軌道修正をしたんです」

「君の記憶違いだ。私は徹頭徹尾、学力について語っていた。御両親や友人に知られないよう、配慮までした私をあろう事か恩恵を受ける君が疑うのかね」

「そうやって、ぼくの大事な人達を人質にする」

　日辻の胃の腑に苛立ちが波打った。彼らを利用され、信じかけた自分が悔しい。

「教師に向かって口の利き方がなってない」

　憤慨して身体を大きく動かしたのだろう。また硬く薄い衣擦れが鼓膜を掻く。

「学院の先生方は、そんな雨合羽みたいな生地のスーツは着ません」

「よくも抜け抜けと」

「部屋に入って来た時、貴方は『静かに』『怪我はしたくないだろう』と言いました。最初は身元を隠す気はなかったのに、ぼくが誰かと尋ねたから、チャンスと見て教師を騙った」

　足音が聞こえる。闇の中の息遣いが荒くなる。

（もう少し）

日辻は踵（かかと）を扉の下端に押し当てた。

「貴方が回り諄（くど）い事をしたのは、保管室に侵入者があった事実を隠す為。知られれば問題は作り直されてしまう」

暗闇で呻（うめ）きが漏れる。

「貴方は教師ではない。問題用紙を盗みに入った侵入者だ」

「……何だ。何なんだよ。お前さえ来なければ、万事うまく運んだんだ」

噛（か）み合わせた歯の間から溢（あふ）れ出るように、苦しげな唸（うな）り声が言葉を象（かたど）った。

「どうして問題用紙が要るんですか？　生徒ではない大人の貴方が」

「欲しがる奴がいるからに決まってるだろ。親の顔色が怖い坊ちゃん、馬鹿な息子を嘘でも優秀でいさせたい馬鹿親、金ヅルはいくらでもいる。そうだ、お前だって」

足音が床から扉に、扉から日辻の後頭部に伝わる。頭蓋骨（ずがいこつ）が微（かす）かに震える。

「上位クラスに入れば親が喜ぶ。友達も一目置く。将来だって安定する。どうだ？　密（ひそ）かに問題を持ち出して、二人で一緒に幸せを掴もうじゃないか」

「そう言うしかないですよね。貴方はぼくが協力しなければ外に出られない」

「生意気な態度を取っていいのか？　おれ達は一蓮托生（いちれんたくしょう）。共犯か共倒れの二択だ」

「よく部屋に入れましたね」

「開いてたんだよ！　それをお前が、鍵なんか掛けるから」

罵声に怯むのは、日辻の生物としての反射行動だ。人間には知恵と理性がある。

(怖くない。こんな無頼の輩相手に怖がって堪るか)

足音が近付く。

「選べ。痛い目を見て鍵を奪われた上に侵入の罪に問われるか、安全に元の生活に戻って試験問題も手に入れるか。お利口な学院の生徒さんなら一択だろう」

胃が締め付けられる。苛立ちが呼吸を窮屈にする。日辻は暗闇に足を踏み締めて、拳を扉に叩き付けた。

「シードゥス学院を甘く見るな。俺は逃げも隠れもしない。この身の罪は陽の下で公明正大に裁いてもらう」

「交渉決裂だ」

硬い衣擦れが動く。

「獅子王！　早く！」

日辻が腹の底から声を張り上げた瞬間、

ガリガリ、ガチャリ。

「日辻！」

扉が開いて、獅子王が日辻の腕を摑(つか)まえる。

「理央、扉を押さえろ」

「わ、分かった」

日辻は廊下に出るや否や、三人がかりで扉を引き、閉まると同時に鍵を回した。

ガリガリ、ガチャリ。

闇の中でどれだけ罵詈雑言(ばりぞうごん)を喚(わめ)こうとも、豪雨の様に扉を叩き続けようとも、誰かが再び鍵を開けない限り、彼が外に出る事は叶(かな)わない。

「助かった」

日辻は獅子王の肩に凭(もた)れ掛かった。彼は小柄で、日辻は腰を深く曲げなければならなかったが、強い体幹は日辻を支えてびくともしない。

「大丈夫か？　何か、中から、ピェッ」

理央が懐中電灯を振り回しながら、罵倒(ばとう)に身を竦(すく)めて情けない悲鳴を上げる。

「とりあえず離れよう。頑丈な扉でも蝶番(ちょうつがい)が外れれば終わりだ」

「獅子王は冷静だなあ」

日辻は思わず破顔して身体を起こした。

懐中電灯の明かりが向きを変える。そこにはもう一人、赤いネクタイの生徒が立っていた。

「あの……」

「初めまして。鍵、ありがとうございます」

日辻が言いたかった幾つかの言葉から二つを選ぶと、彼は拉げた紙飛行機を握り締めて幼子みたいに泣き出した。

☆　☆　☆

回答一

カフェテリアの裏口から通用門に続く裏小路を、足早に行く人影が見える。

鈍色のスーツを着た大人が寄り集まり、中心の一人だけが動きやすそうな運動着を身に纏っている。だが、装いに反して彼だけは自由に動く事が許されない。

「犯人の顔、見えないな」

弓削がつまらなそうに言って、薔薇（ばら）の丘から中庭側に滑り降りた。

保管室で叩き鳴らされた扉の音が準備棟を通行する教師の耳に届くまでは五分も掛からなかった。獅子王らは早々に棟を離れた為、詳細を知る事は叶わなかったが、発見と通報は速やかに行われたらしい。

有事の際も学院には私服の警察官が駆け付ける。生徒の動揺を第一に避ける為、彼らは蚊帳の外に置かれるという噂は本当だった。

教師が知る範囲では。

「こっちは見える」

獅子王が水を向けると、ベンチで固まっていた三年生が肩を跳ね上げた。

「ごめん。ごめんね」

「謝って済む事ですか。後輩を犯罪者がいる部屋に放り込んで鍵を閉めたんですよ」

「びっくりして！」

「つい？」

獅子王が眉間（みけん）に皺（しわ）を寄せると、三年生は言い訳の荒唐無稽（こうとうむけい）さに気付いたようだ。彼が萎縮（いしゅく）して俯（うつむ）き、日辻の方を忍び見る。

日辻は弓削に髪を掻き回されて笑っている。

三年生の顔色は青白いままだったが、怯えた表情が僅かに弛んだ。

「宿題を提出しに行ったら、先生の机に保管室の鍵があった。ぼくは最近、調子が悪くて、今日の試験も手応えがなくて、クラス分けで降格するのは目に見えていた」

「それで、衝動的に鍵を盗んだ」

「一教科だけ、苦手な古典の出題作品だけ見て、すぐに出るつもりだったんだ。けど、彼奴が入って来た」

その時の事を思い出したのだろう。三年生の首筋を鳥肌が覆う。

日辻と弓削が空気の変化を察知して大人しくなる。

彼は頻りに肘を摩りながら話を続けた。

「先生に見付かったと思った。慌てて電気を消して外に出たら、君がいた」

三年生が日辻を見る。

「ぼくを保管室に押し込んで鍵を掛けた？」

「本当に悪かった。パニックで、全部片付けて元通りにしなきゃって」

「片付け」

日辻も流石に苦笑いだ。

彼は日辻を保管室に閉じ込めた。しかし、室内には既に侵入者がいた。

閉じ込めた男と、二人目の男。

せめて鍵を開けたのが侵入者自身だったなら、日辻を上手く言いくるめて試験問題を戦果に退散したのだろう。ところが、三人目の男がいた。侵入者も閉じ込められたという一点に限っては被害者で、出るに出られなかったのだ。

「心配になって戻ったけど、部屋の中は暗くて何も見えなくて、ドアの下の隙間からこれが出てきて」

三年生が硬く握り締めた指を開く。ノートを破って折った紙飛行機が、見るも無残に歪んでレドームを傾けた。

「拾ってどうするつもりだったんですか？」

「え、どうって……」

「また片付けて捨てる気だったのでは？」

獅子王は学年を超えて彼を睨み付けた。三年生が即答しない事にまた腹が立つ。

「一歩間違えれば、日辻は殺されていたかもしれないんだぞ。あんたのくだらない見栄と愚かな自己保身の所為で、人の一生を奪いかけた」

「そんなつもりじゃなかった」

「あんたの意図は関係ない。石を投げれば波紋が立つ。自分の行動の影響も考えられない奴が優秀生？　日辻に何かあったら、僕はあんたを絶対に許さないからな」

勢い余って語気を荒らげた獅子王に、無関係な生徒が数人、振り返る。肝心の三年生は硬直して、ただただ獅子王を見上げるばかりだ。

「獅子王。獅子王、何もなかったから。な、俺は元気だから」

「頭を撫でるな！」

日辻に宥められて、獅子王は悔しさの行き場が分からなくなった。混乱しているのは獅子王の方だ。

「先輩」

「ごめん」

三年生が条件反射みたいに日辻に謝る。日辻が頭を振った。

「見栄とか、自己保身とか、分からなくもないです。多分これから何度も迷うし、なくならないし、自分の中で折り合いを付けて持ち続けるしかないのだと思います」

「……うん」

三年生の相槌は重く、彼自身に確かめるかのようだ。

日辻が彼の手から紙飛行機を取り上げる。

「先輩の事は誰にも言いません。約束します」

猫の様に凛々しい瞳を、夕陽が金色に縁取った。

「ぼくも、君達の事は絶対に話さない。ごめん。本当にごめん。ありがとう」

彼は鍵をどうするだろう。死ぬまで秘密を抱え続けるのか、罪を打ち明ける日が来るのか。獅子王には決して知り得ない事がもどかしく感じるが、日辻が笑顔で三年生を見送るので、横槍を入れる訳にはいかない。

三年生の後ろ姿が中庭から見えなくなる。

獅子王は自分の幼さを心の隅に追いやった。

「日辻は大人だな。真っ暗な部屋に閉じ込められて、理性的に立ち振る舞えるなんて」

「こここ」

「？」

聞き取れなかった。獅子王が首を傾げると、日辻が身体ごと振り返った。

「怖かったに決まってるだろ！」

「あ」

「死ぬかと思った。試験如きに生命かけるなよ。バーカバーカ！」

三年生本人がいなくなってから恨み言を吐くのだから、口は悪いが人が善い。日辻は涙目で一頻り喚いて地団駄を踏むと、力を使い果たしたみたいにベンチに腰を下ろして、両手で顔を覆った。

「紙飛行機、気付いてくれてありがと」

「ほんとだよなー。助けてとか書けばよかったのに、鉛筆なかったのか？」

弓削が隣に座って日辻から紙飛行機を受け取り、折り目を広げる。雑に破られたノートには何も書かれていない。

「俺を閉じ込めた目的が不確かで、下手な事を書いたら揉み消されるかもしれないと思った。幸希が近くにいるのが分かったから、見れば気付いてくれるだろ」

「気付いたのは獅子王だけどな」

「そっか」

日辻が頭を擡げて相好を崩した。

「足音が聞こえた時、もう少し話を引き延ばせば助かるって力が湧いた。獅子王はそういう時、真っ先に走って来てくれそうな気がしたから」

「分かる」

弓削の相槌には迷いがない。

獅子王は戸惑いを覚えた。獅子王は彼らの問題に巻き込まれて、彼らは義務感で獅子王に付き合っているのではなかったか。

「分からない」

「言うと思った」

混乱したまま獅子王が首を横に振ると、日辻と弓削に笑い飛ばされた。

時計台の短針が六の字に重なろうとしている。間もなく夕餉の鐘が鳴る時刻だ。

「理央、飯入りそう？」

「大丈夫、お腹空(す)いた。――あ、ちょっとだけ待って」

言い置いて、日辻がベンチの並ぶ小路(こうじ)を逸(そ)れて中庭に下りていく。

「川上先生」

日辻に引き留められて、アルパカに似た教師が優雅に長い首を巡らせた。

「やあ、日辻さん。お友達と会えたようですね」

「彼らと行き違いがあって遅くなりました。先生、頼まれたチョコレートバーです」

日辻が開いたノートには、獅子王が昼に見た菓子が挟まれている。川上はそれを見ると目を輝かせて、宝物を拝受するみたいに両手で受け取った。

「ありがとう。試験期間は売店に行く余裕もなくて、助かります」

「こっちはお釣りです」

日辻がポケットから小銭を取り出すと、川上の円(つぶら)な目が瞬きする。

「余りは駄賃にして構わないとお伝えしたはずですが」

「下級生の金品授受(アルバイト)は校則で禁止されているので」

「教師がいいと言っても?」

川上の問いに、日辻は背筋を反らして堂々と胸を張った。

「罪悪感は人を弱くします。他人がどう思おうとも、社会でどう定められようとも、心の曇りは自分自身が納得して晴らすべきと考えました」

「大変良い答えですね」

川上は満ち足りたような笑みを浮かべて、弓削と獅子王にも手を振り、準備棟の方へ立ち去った。

空から夜が下りてくる。まだ蕾（つぼみ）の薔薇（ばら）が星影を望む。

「飯、何かな。カレーかな」

「俺はチキンがいい。久しぶりにグラタンも食べたい」

「獅子王は？」

弓削が振り返って尋ね、日辻が微笑む。

「刺身、かな」

獅子王は僅（わず）かに歩幅を広げて二人の隣に並んだ。

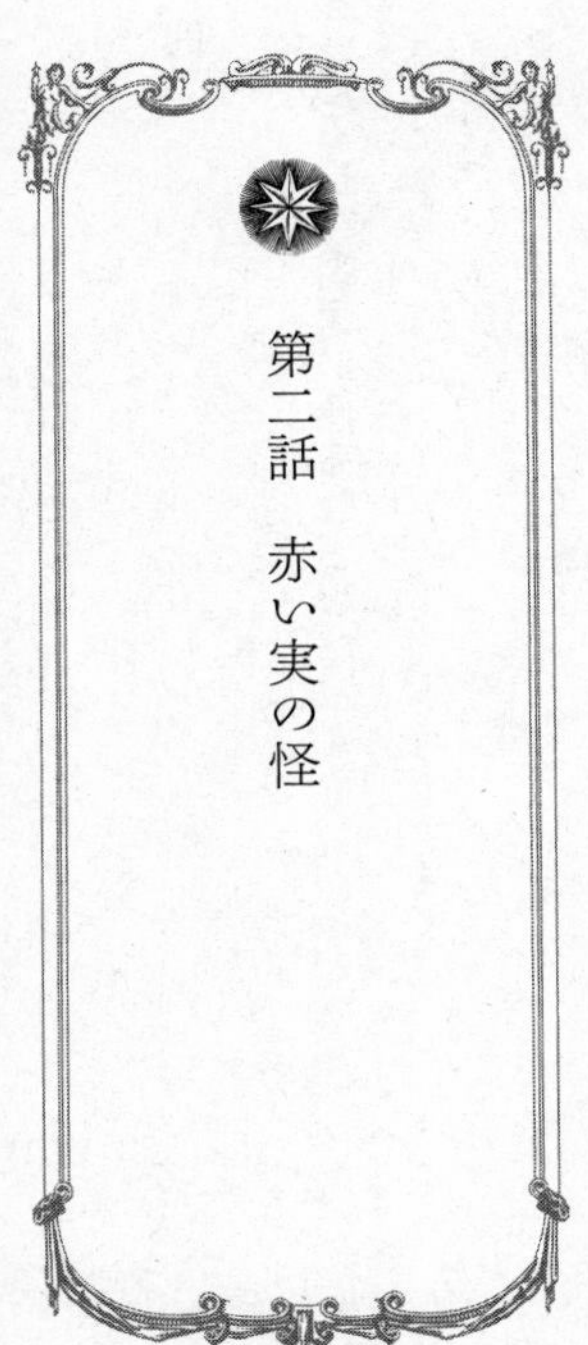

第二話　赤い実の怪

問二

ある日、雪兎が作られました。
それによってとけたのは百年以上後でした。
何故でしょう?

1

弓削幸希から見て、獅子王という生徒は未知の生物だ。

白い壁に頭を向けて置かれた十のベッド、収納はベッド下の抽斗（ひきだし）と枕元のハンガーラック。ベッドとベッドの間には教科書を広げられる程度のサイドテーブルが作り付けられているが、十三歳の彼らには決して充分とは言い切れない。

不平を抱いては罰が当たるだろうか。特に弓削は在学費援助を受けている奨学生（バーサリー）である。

林に面した広い窓が陽光を絶ち、夜闇に塗り込められる。窓際のベッドから生徒が立ち上がってカーテンを引く。

今年は残暑が長引いて、寮から食堂までの短い距離ですら日差しに灼（や）かれるほどであったから、弓削は漸（ようや）く涼しくなると日没に一息吐いた。

「弓削。自習時間、始まる」

獅子王が教科書とノートを束ねて声を掛ける。

弓削は隣のベッドから身体を起こして胡座をかいた。

「獅子王の下の名前って何だっけ？」

「自習と関係あるか？」

「ない」

質問の全てに意味があると思われては困る。弓削が左右に首を振ると、獅子王はアーモンドの形をした目を眇めて不可解そうな顔をした。

「琥珀だろ。獅子王琥珀」

代わりに答えたのは日辻だ。彼は部屋の真ん中の通路を挟んで向かいのベッドに座り、夜風で乱れた髪に櫛を通している。

「日辻も。学習室に行く時間だ」

「授業中に宿題も終わらせたからやる事ないんだよね」

「だったら予習をすればいい」

獅子王に追い立てられて、日辻が櫛を置く。彼らが動き出す頃には同室の七人は既に寝室の外だ。弓削も宿題の出ている教科のノートなどをまとめて日辻に続いた。

「獅子王？」

弓削は部屋を出て数歩目で立ち止まった。

獅子王が戸口で振り返っている。

「いや、気の所為だ」

答える声は何処か上の空。

「その言い方、気になる。何？」

「本当に何でもない」

「指切りげんまんできるか？」

「それは約束」

食い下がった弓削を、獅子王がげんなりした様子で退けた。

寮では十八時からの夕食を摂り終えた後、約二時間が学習に当てられる。個室で集中したい五年生を除いた全寮生が学習室に集うが、家庭での宿題と決定的に異なるのは、各寮に七人の寮付教師が付く点だろう。

学院内の教員宿舎で暮らす専任もいれば、昼に別の仕事をする兼業者、シードゥス出身の大学生もいる。

それぞれが宿題を進める中、彼らは学習室を巡って、授業だけでは理解出来なかった部分の補習をする。宿題を終わらせた生徒が増えてくると、手の空いた寮付教師が自身の専攻について語り聞かせる事もあった。

「弓削さん」

寮監の天堂が困った顔をしている。教師の手伝いに来た彼が会話の端に上らせた一言を、弓削の嗅覚は聞き逃さなかった。

「寮監はシードゥスの卒業生じゃないんですか？」

「弓削さん。今は宿題を」

「終わりました」

目を爛々と輝かせる弓削に、天堂は根負けした様子で近くの椅子に腰掛けた。

「私はグランド・ツアー出身だから、決まった学校の所属ではないのです」

「グラ……何？　ですか？」

弓削が尋ねると、隣の机で勉強していた日辻が椅子を引いて身体ごと振り返った。

「従者と家庭教師を連れて、世界中を旅しながら学ぶ教育形態ですよね。音楽、美術、演劇、スポーツ、あらゆる分野の『本物』に各国で触れられると聞きます」

「日辻さん、よく知っていましたね」

「祖父の同級生で初等教育時にグランド・ツアーに行った生徒がいたそうです」

「そうですか」

天堂が目を丸くする。

「寮監もそうなのに、驚くくらい少ないんですか？」

「ええ、古い教育方法ですから。私の時は従者でなく、従兄弟が旅に同行してくれました。彼がシードゥス学院の卒業生で、その関係で寮監に招聘されたんです」

「世界旅行いいなあ。ひたすら楽しそう」

弓削が落ち着かない足で左右交互に床を踏むと、背中に周囲からの視線が刺さる。反対隣の獅子王など、膝を手で押さえて物理的に止めに掛かった。

「悪かったって！」

「学習室では静かにしろ。あと、寮監に敬語」

「分かってるよ。ちょっと興奮しただけ。だって羨ましいんだもん」

弓削は踵を上げて腿を張り、圧力に対抗したが、獅子王の腕は微動だにしない。十センチ以上もの身長差が一切反映されないのだから理不尽だ。

弓削が足に力を入れて獅子王と睨み合うと、天堂が震え出す膝を見て宥めに入った。

「まあまあ、私の話はいいですから。先生方に質問は？」

「えー、もっと聞きたい。なあ、理央。獅子王」

「興味はあるけど」

日辻が天堂を窺って聞き分けの良い顔をする。獅子王は既に立ち上がっていた。

「ぼくは特に。時間になるので部屋に帰ります」

彼が答えた瞬間、時計の長針が九の文字を指す。途端に学習室の空気が緩み、多くの生徒が待ちかねていたかのように席を立った。

「それでは、私も仕事がありますので。追加講義に出る方は頑張って下さい」

天堂が立ち上がって椅子を戻す。弓削は不服だったが、学習室に残るのは消灯まで補習を受ける生徒だけだ。

天堂が学習室の扉を開けると、後に続くように宿題を終えた寮生が荷物をまとめて退室する。

「あ！　待って、寮監」

弓削は天堂を追いかけて後ろから腕を絡めると、皆が帰るのと逆方向に引っ張った。

「この間の泥棒はどうなった？」

「どうして弓削さんが御存じなのでしょうか」

「だ、だだだだって、白昼堂々連れて行かれたから見てたもん。皆、見てた」

「そうでしたね」

天堂が柔軟に信じてくれたので、弓削は再び声を潜めた。

「またあんな事があったら怖いでしょ。だから、どうしたかなって」

「安心して下さい。警察の事情聴取で犯人は一般見学者に紛れて構内に入ったと分かりまして、秋期の見学を全面中止にする事に決まりました」

「一般見学？」

「学院は歴史ある建物ですから、外部からの見学者を受け入れているのです。建物を見たり、学食を試したり、売店でお土産を買ったり」

「そっかー、博物館もあるもんね。あ、ありますよね」

弓削の今ひとつ直しきれなかった敬語にも、天堂は優しく微笑んでくれる。

「構内には身元が確かな人しか入れません」

「それ、他の奴にも教えていい？」

「事件を知らない子もいますので広めるのはよくないですが、心配しているお友達がいたらこっそり教えるくらいなら大丈夫ですよ」

「ありがとう！　ございます」

すぐにでも話してやらなくては。弓削は拳を固く握った。

事件への関与を伏せた為、日辻は校医によるメンタルケアを受けられない。本人は平気そうに振る舞っているが、日辻が時折うなされているのを弓削は聞いている。獅子王もまだ準備棟を通る時は表情が険しい。

弓削が安堵からその場で飛び跳ねると、後ろから呆れた声が飛んできた。

「幸希。お風呂が混む」

日辻だ。

弓削は思い出した。日辻が急かすのも寮生が足早に出て行くのも、自習後が最も風呂が混雑する為だ。早く入浴を終えた分、消灯までの自由時間は増え、出遅れれば順番待ちをする羽目になる。

「寮監、今度またグランド・ツアーの話も聞かせて」

「またの機会に」

天堂が手を振る。

弓削は日辻に追い付いてから反転して、腕の付け根から手を振り返した。

「この時間になると億劫なんだよな。飯の前に入っちゃえば良かった」

「お腹が空いて耐えられないって騒ぐから」

「ボート部の見学がハードだったの！」

弓削自身、この時間になる度に後悔するが、毎日くり返してしまう。風呂が嫌いな訳ではないが、目の前に魅力的なものがあればつい後回しにしたくなるのだ。

「獅子王も風呂行くだろ」

日辻が呼びかけた席に、既に彼の姿はなかった。

「おや、素早い」

「獅子王め。抜け駆けしたな」

「幸希が渋ってただけだろ」

「一番風呂はオレだ。部屋で追い付いてやる」

弓削にとって風呂は興味の優先順位が低かったが、競争となれば話は別である。

「全然、一番じゃないと思うんだけど」

日辻が揚げ足を取りながら付いてくる。弓削は規則上限の早歩きで先に退室した寮生をごぼう抜きにし、階段を下り切る辺りからは殆ど走って自室の扉に飛びついた。

「獅子王」

扉を開けて、だが弓削は中に入る事が出来なかった。

「道を塞ぐなよ、幸希」

文句を言った日辻も、弓削を押し退けられずに戸口で固まった。

大きな窓が開け放されて、カーテンが秋風にはためく。暗い部屋に月光が差し込んで、調度品の陰影を明瞭にする。

青い、青い月の下、昏い、不快な悪臭がする。

窓辺に一人の生徒が佇んでいる。

小柄な影の、横顔の輪郭が美しく月明かりに浮かび上がった。

「獅子王……」

自分の声がやけに遠くから聞こえる。

獅子王が首を巡らせる。

彼の右手から、赤い雫と腐った肉がべちゃりと滴り落ちた。

2

漂白剤の匂いが鼻を突く。モップで床を擦りながら吐かれる独白は、心の声が無意識に零れているようだ。前後繋がりのない言葉の断片から、不満の感情だけが明確に聞き取れた。

「定時で上がったのに」

用務員の行田は床にしゃがんで、窪みに入り込んだ赤い汚れを篦で掻き出して、傍らのベッドに目を留めた。

「こんな所まで」

ベッドの足元から床へ下がる白いカバーの裾に、赤い斑点が散っている。

壁際に立つ寮生達が身を竦めるのを、行田が鋭利な眼差しで貫いた。

「覚えておけ。トマトの染みは死ぬほど落ち難い」

「はい！」

弓削は同室の寮生と声を揃えて返事をした。

「遅くにすみません、行田さん。この子達の寝る場所がなくなってしまうので」

「こっちはいい。寮監は生徒の話を聞いてやりな」

行田に半ば追いやられて、天堂が弓削達の方を見た。

扉の左右に五人ずつ、壁に背を当てて立つ。並び順に意味はないが、獅子王は誰からともなく真ん中に追いやられた。彼があの時、唯一人、部屋にいたからだ。

「獅子王さん」

「はい」

彼は逃げも隠れもせず天堂に応えた。

弓削には天堂が、あからさまでないにせよ獅子王を窺っているように見える。穏やかな面差しの中、相貌に怜悧な光を宿して正面から向き合う。

その目線の角度から、彼が不用意に距離を詰めないのは、背の低い獅子王を見下ろして威圧しない為だと察しが付いた。

「君が発見した、と言いましたね」

「そうです」

「詳しい状況を聞かせて下さい」

天堂が問いかけると、寮生達が壁から頭を起こして獅子王を見る。

獅子王は毅然と前を向いたまま話し始めた。

「違和感を覚えたのは夕食から帰った後でした。より強く感じたのは夜の自習前、嗅ぎ慣れない匂いがしたように思えました」

「その時は原因に気付かなかった？」

「不衛生な話ですが、風呂前の者もいましたので、多少は致し方ありません」

「まだ汗をかく時期ですからね」

天堂が優しく苦笑いする。弓削は思わず自分の腕を嗅いだ。許容範囲と思いたい。

獅子王が頷く。

「自習時間が終わって、一人で部屋に戻りました。ドアを開けると空気が澱んでいて、換気の為にまず窓を開けました」

「電気は点けなかったのですか？」

「月が明るくて室内はよく見えました。誰もいなかったのは間違いありません」

質問の意図に沿った答えだったのだろう。弓削は獅子王の返答を聞いてから納得したが、天堂は相槌もそこそこに話の続きを待っている。

「風が強く、空気は流れているのに、匂いはしつこく居座り続けました。電気を点けようとドアの方へ引き返す途中で、近付くと匂いが強くなる場所がある事に気が付いて、何か元凶があるのではと」

「その時点で私か寮母を呼んでいいのですよ」

「ネズミか何かの死骸だと思ったので」

「呼んでいいのですよ？」

天堂が念を押したが、獅子王はピンと来ない様子だ。他の寮生が数人、顔を青くしたり身震いしたりしている。

「ベッドサイドテーブルの下を覗くと匂いが強くなりました。よく見えなかったので腕を突っ込んだら、手に何か触って、掴んで引き摺り出しました」

「ネズミだと思ったら、腐ったトマトだった」

天堂が額に手を当てる。日辻は彼の予想が的中した場合を想像したのだろう、口元を覆って横を向いた。

弓削の視界は、キラキラと輝いていた。

（此奴やっぱり面白い）

異なる発想、新鮮な感覚、思いも寄らぬ行動をする。それでいて獅子王自身は平然としているところが弓削には尚、興味深い。

天堂が行田を見遣る。床は綺麗に磨かれて、汚れたベッドカバーは丸めて洗濯籠に回収される。

「あのベッドの使用者は熊野さんですね。獅子王さん、トマトは彼のベッドの下にあったのですか？」

「そうです」

躊躇いなく答えた獅子王に、熊野の蒼白だった顔色が紅へと転じた。

「出鱈目を言うな」

「事実だ」

「寮監、誤解です。ぼくは食べ物を部屋に持ち込みません。誰かがぼくに責任を擦り付けたんです」

熊野の必死の訴えが、寮生に眉を顰めさせる。

「誰か？ 熊野こそいい加減に責任転嫁するんだな」

「そんなつもりではないけど、でも、ぼくは本当にやっていない」

「俺だって」

「オレも」

「僕はトマト嫌いです」

同室の寮生達が出遅れまいと無実を主張する。弓削も手を挙げて流れに乗ったが、日辻と獅子王は違った。

「妙だ。なあ、獅子王？」

「どう言う意味？」

「ベッドの下にトマトを隠して、後で食べようと思っていたけど、機を逃して腐らせてしまった。これだと筋が通らない」

日辻の話に、弓削の方が意味を聞き返したくなった。

獅子王は得心がいった顔で同意する。

「キッチンに行けばいつでも食べられる。わざわざ部屋に置く意味がない」

「寮監。規律違反を前提で仮の話をしますが、どうしても夜中に食べたいのだとしても、保管しづらいトマトを選ぶのは不自然です。売店で菓子が売っていて、キッチンにもトマトや果物以外にシリアルや軽食があります」

日辻の説明は合理的で、天堂のみならず寮生や行田も聞き入っている。

「獅子王さんと日辻さんは、同室の誰が持ち込んだ物でもないと思うのですね」

「はい」

不可能ではなかった。寮の寝室は、十人部屋でも一人部屋でも例外なく鍵が付いていない。

「心当たりがある人は？」

天堂が寮生十人を順に見る。弓削はムッとして頬を膨らませた。

「寮監は日辻と獅子王の話を信じないんですか？　ぼく達は持ち込まないです」

「弓削さん。勿論、私もお二人に同意しています」

「本当に？」

弓削が表情を険しくすると、熱くなった頭を宥めるみたいに涼しい風が吹き込む。

「終わった。漂白剤の匂いが消えるまで換気は続けた方がいい」

行田が洗濯籠を担ぎ、掃除道具を放り込んだバケツと口を縛ったゴミ袋を手に下げる。彼は話の内容に全く関心を示さなかったが、聞いてすらいなかったらしい。唐突に中断された問いかけは、扉が再び閉まる音を合図に回答を得た。

「違反者でない場合、貴方がたは被害者に相当します」

被害者。

突き付けられた強い単語に、一同は沈黙しか返せない。忍びやかに交わされた視線が徐々に熊田に集まる。ベッドの下に異物を置かれたのは彼である。

熊野は皆の注目を浴びていると分かって、慌てて両手と首を振った。

「嫌がらせを受ける覚えはありません。逆恨みされるほど目立つ事もしてないです」

「他の皆も？」

天堂が九人と順に目を合わせる。弓削を含めた全員が熊田と同じ答えだった。

「ふむ。ドアが開いている時に通りかかった子がトマトを落として、ベッドの下まで転がっていった……なんて可能性はないだろうか」

「あり得ないとは言い切れませんが、どうでしょう」

日辻の気遣いに同調して生温い笑顔が伝播する。

「ないだろ」

獅子王は容赦がない。

「あったら楽しいと思います。面白童話みたいで」

「はは。現実的ではないですね」

弓削は可能性の範囲でフォローしたつもりだったが、逆にとどめを刺してしまったようだ。天堂は空笑いをして、腕時計を確認した。

「この件は私の方で気に掛けておきます。換気が済んだら戸締りをして寝て下さい」

「ありがとうございました」

「おやすみなさい」

天堂が部屋を出ると、寮生は銘々に緊張を解いて自分のスペースに散った。

「何だったんだろう」

獅子王がまだ難しい顔をしている。

「さあ？　ドアが開いててトマトが転がったんだろ」

「弓削は適当過ぎる」

「考えたって分かんねーもん」

「考えてみないと分からない」

「幸希、獅子王。風呂（ふろ）。消灯まで十五分だよ」

声を掛けた日辻は支度を済ませて、もう部屋を出る態勢だ。

「しまった。入ってる途中で電気消される」

「お先」

「準備万端かよ、獅子王」

二人に置いていかれて、弓削は着替えを引っ掴んで駆け出した。脱衣所で着替えの中に教科書とネクタイが紛れていると気づいた時には流石に、適当なところもあるかもしれないと我が身を振り返らざるを得なかった。

風呂上りに窓を閉めると部屋は幾分蒸したが、昨夜より深く眠れたようで、弓削は起床ベルより早く爽やかに目が覚めた。獅子王の様に違和感は自覚出来なかったが、身体は不快に感じていたのかもしれない。

十人の生徒がベッドから次々と起き出して身支度を始める。この部屋で最初に顔を洗うのはいつも日辻だ。彼は洗面所から戻ってくると、化粧水と乳液で肌を保護して、丹念に髪を整える。日辻がシャツに袖を通す頃、獅子王が手早く着替えを済ませて手櫛で寝癖を直した。それから動き出しても弓削の準備は間に合う。

「弓削。ネクタイ裏表」

「歩きながら直すから大丈夫」

「急げ、幸希。上級生に見られたら指導だ」

獅子王と日辻に歩を並べて外に出る。秋の空は高く、降り注ぐ暑い日差しも遠く清々(すがすが)しい。石畳に落ちる木の葉の影が重なり合って、木漏れ日が水面の様に揺らぐ。

「君達、登校前にいいか」

弓削が声のした方を向くと、獅子王と日辻が彼の視界を塞(ふさ)ぐように前に出た。弓削は背伸びをして、獅子王の頭の上からその先を覗(のぞ)いた。

寮長の瀬尾が木陰に立っている。

弓削は縒(よ)れたネクタイをジャケットの内側に潜り込ませた。

青寮(カエルレウム)での事件は幕を閉じた。

3

配膳(はいぜん)台の天蓋(てんがい)に埋め込まれた照明が、庫内の温度を上げて料理を温かに保つ。

朝食の定番は目玉焼き、ベーコン、ウィンナー、ブロッコリー、人参(にんじん)、じゃがいもだ。配膳台のトレィに山と盛られたそれらはすぐに底を突いて新たに補充されるから、保温機能は無用の長物と化している。

食パンをトースターの入り口に置くと、回転ローラーに運ばれて赤外線ヒーターを通過し、狐色に焼けて反対側から出てくる。スープは味噌汁とオニオンスープの二種、生野菜と果物は不人気だが、味付け海苔は早くに来ないと手に入らない。

タンク式のディスペンサーには牛乳とトマトジュース。

獅子王が牛乳を、日辻が水を注ぐ横で、弓削がトマトジュースを選ぶと、二人のみならず同室の寮生達が敬遠するような半眼を向けた。

弓削に言わせれば、それはそれ、これはこれ、である。

全校生徒の食事を賄うカフェテリアは速度と広さが求められる為、二階層を更に三つのエリアに分けて混雑を分散させている。伝統的に中庭の薔薇園に面した南側は上級生が集まりやすく、特に二階は弓削を始め、一年生がおいそれと近付ける場所ではなかった。

「上級生怖え。体格が全然違う」

「幸希は大袈裟だけど、獅子王の動じなさよ」

日辻が感嘆を通り越して呆れたような溜息を吐く。

先陣を切って歩く獅子王の視界には、弓削と日辻が後込みする姿も、時折向けられる訝し気な目も入らないらしい。彼は窓辺の席まで直行して空席にトレイを置いた。

「お待たせしました」

三人を見て、瀬尾がオニオンスープを掬う手を止めた。

「先に頂いている」

その、スプーンを下ろす仕草の品の良さ。三人を迎える瞳は理知的に澄み、引き締まった目鼻立ちが瀬尾の印象をより凜々しくする。

「失礼します」

獅子王が瀬尾の正面に、日辻が要領良く獅子王の隣に座ったので、出遅れた弓削は瀬尾の隣に座る以外の選択肢を失った。

(寮長と飯……緊張する)

緊張はするが、食欲に直結しない体質で良かった。弓削はトーストにバターを塗り、ベーコンと目玉焼きとキャベツを挟んでもう一枚でサンドすると、顎の限界に挑んでかぶり付いた。

「寮監から聞いた。君達の部屋で不慮の事態が起きたそうだな」

「同室の誰も覚えはないと言っています」

日辻が即座に皆を庇う。弓削は疑われる事すら警戒していなかったので、慌てて口を閉じて瀬尾に同意を示した。獅子王が更に一歩遅れて思い至った顔をする。

「心配無用だ。君達は容疑者から外れている」

「お言葉ですが、潔白とするのは早計ではありませんか？」

「獅子王。寮長に失礼だろ」

「そうだよ。折角、無実になったのに混ぜっ返すなよ」

日辻と弓削が制しても、獅子王は素直な目を瞬(しばた)かせるばかりだ。

瀬尾に気分を害した様子はなく、テーブルナイフでバナナを輪切りにしている。彼はそれをトーストの上に載せて上からシロップを掛けると、コーヒーと交互に口に運んだ。

「九九パーセント」

「？」

「君達の無実はそのくらい確かだと言える」

「根拠は何ですか？」

獅子王の問いを待たせて、瀬尾はパンを丁寧に咀嚼(そしゃく)して飲み込んだ。

「黄寮(フラーウム)で同様の事件が起きた」

弓削の持っていたフォークが皿の縁に当たって不快な音を立てた。

周囲から注がれた視線に、日辻が愛想よく会釈をして詫(わ)びる。首を竦(すく)める弓削とは対照的に、獅子王が背筋を伸ばして瀬尾を見据えた。

「同様とは？」

「言葉のままだ。黄寮の一室でトマトが発見されたらしい。あちらは菓子なども持ち込まれており、同一とまでの確信は得られなかった」

「部屋の寮生は何と言っているのですか？」

「全員が自分の仕業ではないと証言した。青寮（カエルレウム）の件が伝われば、いよいよ以（もっ）て同一犯による事件と主張するだろう」

瀬尾の言い方が弓削の喉（のど）に引っかかって、パンの耳が堰（せ）き止められたみたいに閊（つか）える。弓削がトマトジュースでパンの欠片（かけら）を押し流すと、斜向（はすむ）かいで獅子王も牛乳を飲み干した。

「寮長は黄寮生を疑っているのですか？」

「オレもそう聞こえた」

「…………」

日辻は獅子王と弓削に賛同こそしなかったが、据わり悪そうに白米を噛（か）み続ける。

瀬尾が一瞬、反対端の席に目線を流した。階段近くのテーブルを囲む一団は、朝食に不似合いな険しい顔を寄せ合っている。中でも際立って明るい髪色をした生徒が、瀬尾と目が合ったかと思うと、不自然なくらいに顔を背けた。

「生徒会長を通して、彼から現場を見て同一犯か判断して欲しいと連絡があった」

「寮長は獅子王にその役目を？」

「いや、君達三人に頼みたい。その方が確実だろう」

日辻が弓削、そして獅子王と顔を見合わせて尋ねた。

「最も詳細を知っているのは寮監だと思いますが」

「寮同士が必ずしも親密でない事は、一年生の君達もそろそろ感じ始めているのではないか？」

瀬尾が紙布巾(ふきん)で口元を押さえる。

鬼灯(ほおずき)を裏返すように、弓削の意識がトーストから食堂全体へと広がった。

五色のネクタイは五つの寮を表す。同じ色のネクタイはテーブルごとに固まって、密(ひそ)やかに境界線を引く。弓削は青以外の色を持つ生徒が聞き耳を立てている錯覚に陥りそうになった。

日辻が声のトーンを落とす。

「隠密裏に黄寮を訪れるという事ですか」

「君達の一時間目は自習になる。十五分待って事務局で証明書をもらったら黄寮の裏口に来てくれ」

「どうして寮長がそんな事まで？」

「黄寮の生徒は戻らないから安心していい」

答えになっていない。瀬尾が皿とカップを空にして、トレイを手に席を立つ。

「……予言？」

茫然(ぼうぜん)とする弓削の手からベーコンが擦り抜けて皿に落ちた。

4

寮長の予言(仮)は寸分違(たが)わず的中した。

学院では教師の都合で授業開始が十五分以上遅れた場合、生徒が自習の申請をする事が出来る。事務局で証明書を受け取り、寮監への届け出が義務付けられるが、幸運にも弓削ら三人は校舎を出たところで天堂と行き合った。

「皆さんも自習ですか？」

「は、はい」

「こちらで証明書を受け付けますね。学習室でしっかり自習して下さい」

天堂の手には既に、すれ違った寮生から渡された証明書が束となっている。

「寮監はお出かけですか？」

弓削が堪こらえきれずに尋ねると、彼は照れたように眉まゆを傾けて微笑んだ。

「次の学内公演は寮監も招待されるので、生徒会長と日程調整をするそうです」

「…………」

「どうしました？」

「いや、偶然だなって」

思わず本音を漏らしてしまった弓削の背を日辻が突く。

「寮監が不在でも学習室は開いているんですよね」

「御心配なく。寮付教師の皆さんはいらっしゃいませんが、自主学習に励んで下さい」

「ありがとうございます」

日辻がそつなく話の軌道を戻して、笑顔で天堂を見送った。

「幸希、秘密って言われただろ」

「ごめん。あまりにタイミング良かったから」

寮での自習を装うには寮監の目を掻かい潜る必要がある。その一時間を狙ったように寮監が不在になるとは出来過ぎではないか。

「生徒会長は事情を聞いているのかもしれないな」

「落ち着いて言ってるけど、獅子王も目が丸くなってたぞ」

日辻に指摘されて、獅子王が手の平で目元を隠す。弓削が思わず横から覗のぞき込むと、彼は眼光を鋭くして歩幅を広げた。

黄寮は青寮より校舎に近く建っていた。

それぞれの寮は声や視界の通らない位置にある。弓削は青寮以外の寮を見るのは初めてだった。

「眩(まぶ)し」

無論、寮が発光している訳ではなかったが、弓削の第一声は正しくそれだった。

子供が作ったブロック遊びの様だ。赤青黄色、原色で塗られた立方体や円柱が白基調のベースにちぐはぐに組み込まれて、傾かないのが不思議なくらい絶妙なバランスを保つ。

窓の形ひとつ取っても、同じ建物の中でも他と重複しないのだから徹底している。

「芸術？」

「モダン……かな」

獅子王と日辻が自らを納得させるように頷(うなず)いた。

「やあ、君達は迷子？」

建物に見入って立ち尽くしていた。声を掛けられて、弓削は隠れなければいけなかった事を思い出した。

「すみません！　裏口はどっちですか？」

「幸希。訊いたら意味ない」

「あっ」

弓削は焦って獅子王の背に入ったが、鼻から上が飛び出してしまう。弓削の目が動揺に泳ぎながら彼の姿を捉えた。

制服は身体の一部の様に馴染み、彼の飄然とした一挙手一投足に付き従う。笑いかける表情は親しみやすく、見る者を懐に惹き込むが、状況を忘れてはならない。

「一年生諸君。授業中に何の御用かな」

弓削に盾にされても、獅子王はまるで怯まなかった。

「貴方も黄寮の人ではない」

「お？」

緩やかに笑って指に引っ掛けて見せたネクタイは、黒地に紫のラインが入っている。襟章の数字はＶ、彼は最高学年の奨学生だ。

獅子王の厳しい視線を、五年生は捉え所のない笑みでいなす。

「え、何で？　誰？」

弓削が混乱を極めかけた時、

「生徒会長。うちの寮生を揶揄うのは御遠慮下さい」

天の助けとはまさにこの事だ。黄寮の裏手から現れた彼の姿に弓削は平静を取り戻すと共に胸を熱くした。

「寮長！」

瀬尾に飛び付かんばかりの弓削を他所（よそ）に、日辻と獅子王は五年生を見て固まっている。弓削は彼らから遅れて、先程の言葉の意味を正しく理解した。

「生徒会長？」

「簡単にばらすなよ、瀬尾」

「充分驚いてくれているようですが」

瀬尾が呆（あき）れたように嘆息すると、五年生は三人の顔を順に覗き込んだ後、両手で弓削の頭をかき回した。

「わ、わ」

「生徒会長の吉沢（よしざわ）だ。瀬尾から面白い事が起きていると聞いて見物に来た」

「面白いと判断したのは生徒会長です。私は事実を報告したまで。それから、見物ではなく検分です」

「じゃあ、それで」

吉沢が適当な返事をして弓削の頭を解放する。

「心配は要らない。学院で最もいい加減な人だが、最も害もない」

「そうそう。去年の生徒会選挙で、毒のある立候補者と棘（とげ）のある立候補者が怪獣大激闘をした所為で、数合わせで名前を貸してた平凡なオレが票の避難所になってね」

「平凡？　ネクタイに謝って下さい」

「まあ、実際、このネクタイが生徒会長みたいなもんさ」

どこまで本気か冗談か、吉沢の軽口に瀬尾は到頭、溜息しか返さなくなった。

黄寮の裏口は網戸と鉄格子とガラスを重ねた分離式の扉だった。今はガラス扉だけが開け放されて、林を通った風を屋内に招き入れている。

「黄寮長と用務員さんには話を通してあるけど、他の人に見付からないようにね」

「すぐに戻ります」

廊下の角で吉沢と別れ、瀬尾に連れられて一階の明るい方へ向かう。

その部屋はエントランスから程近い、おそらくフロアの中心に近い場所にあった。

「中は結構普通だな」

弓削は室内を見回して率直な感想を述べた。奇抜なデザインの外観に比べて、寝室は青寮と大きく違わない。十のベッドと十の机はシンプルな白で、強いて挙げるとすれば窓と照明器具の幾何学的な形が遠い未来を想像させた。

「暑……」

寝室の空調は切られており、廊下以上に室温と空気の密度が高くなっている。寮も校舎も古い建物で、生徒が集まると更に空調の効きが悪くなるのが難点だったが、それでも電源を入れれば一応、機能はしているらしい。

「トマトはここに置かれていた」

瀬尾が左側三番目の机とベッドの間を指差す。

獅子王は言われた場所に近付いて、床に膝を突き、机の下に頭を潜り込ませた。

「シミが。ベッドの横木に直に置かれていたのですね」

「数日放置されたらしく、果肉が腐って崩れ落ちたと聞いている」

「同じです」

獅子王が後ろ向きに這い出して、額の汗を拭った。

「ぼくが見付けた時と全く同じに見えます」

「そうか。日辻、弓削、何か気付いた事はあるか？」

瀬尾が上体を起こして振り返る。弓削は手持ち無沙汰に照明器具の六角形を数えていたので、思い付いた事を吟味もせず口走った。

「オレはさっぱり。部屋の奴じゃない事くらいしか」

「君達はそう証言したそうだな。黄寮の寮生からはまだ話を聞いていないが？」

「だって、この後も住まなきゃいけない部屋に匂いが染みちゃったら嫌でしょ。隠すにしたって袋に入れるよ。入れますよ」

手遅れにも思えたが、敬語を付け足しておく。弓削の答えは、意外にも瀬尾を納得させたようだ。彼は腕組みした右手を解いて鼻先を摩った。

「一理ある。仮にどちらかの寮に犯人がいるとしても、今一方の寮に侵入すれば見咎められそうなものだが」

「あの、可能だと思います」

日辻がおずおずと手を挙げる。

「ぼく達の部屋もこの部屋もエントランスから一番近いです。日中は知りませんが、七時間目の終わりに玄関が開けられてすぐなら、人目を盗んで入るのはさほど難しくないと思います。部屋の扉は元より施錠出来ません」

「可能だが、無意味だ。人の部屋でトマトを腐らせて得があるとは思えない」

獅子王が問題の根本から切り伏せた。

「トマトを使った呪いとか？」

「うーん、伝統的な嫌がらせなんてあったかなあ」

弓削と日辻で頭を捻っても、眠気が生成されるのが関の山だ。

「参考になった。ありがとう」

瀬尾に先導されて部屋を後にするまで、黄寮生の気配も感じなかった。弓削のクラスにも黄寮生はいる。にも拘らず、帰寮を止めた手段が弓削には想像も出来ない。

「お疲れさん。どうだった？」

裏口で待っていた吉沢は、自分を煽(あお)いでいた団扇(うちわ)を弓削達に向けて労(ねぎら)った。弓削の頬に当たる風は生温(なまぬる)かったが、空気が動くだけでも涼しく感じる。

「同一と言って差し支えないかと。それから、外部犯も考えられそうです」

「成程なあ」

吉沢は弓削、日辻、獅子王と団扇を向けて親しげに笑った。

「思い出した事があったら、オレか瀬尾に教えてもらえる？」

「はい」

「サンキュー。じゃあ、自習に紛れておいで」

「失礼します」

獅子王がお辞儀をして背を返す。

「幸希、戻ろう」

日辻が促したのは、弓削が後ろ髪を引かれていたからだ。

吉沢と瀬尾が木陰に身を寄せる。二人の表情から笑みは消えて、大人びた横顔が深刻さを漂わせる。

「監督生(プリフェクト)から報せ(しら)が入った」

囁(ささや)く声は葉擦れに消されて途切れがちだが、脳内で意味を結ぶには事足りた。

「赤寮(ルーフス)と緑寮(ウィリディス)でも腐りかけの果物が見付かった」

「まるで儀式ですね……」

最後に聞こえた瀬尾の一言が、いつまでも弓削の耳に残った。

5

火曜日は時間割が短い。選択科目がないからだ。

上級生は課外学習と称したアルバイトが許可されるが、三年生以下の生徒にとっては単なる休み時間に過ぎない。部活動に勤しむ者、友人と談笑する者、寮で寛ぐ者。大勢が学院の設備を活用する中、人気が集中するのはカフェテリア、スポーツジム、図書館だろう。

因みに弓削は初めて来た。

「本が多い！」

「当たり前だろ。図書館なんだから」

弓削の新鮮な驚嘆を、獅子王がさも下らない事とばかりに劣化させる。

「図書館にしても多いよ。見ろ、本棚が二階建て。丸い」

「本棚ではなく建物が円形で二階建てなんだ」

「二人とも静かに。青寮が馬鹿にされたらどうする。ネクタイでばれるんだぞ」

日辻の小声とは思えない迫力に気圧(けお)されて、獅子王が口を閉じる。弓削も黙りはしたが、周囲を見回すのはやめられなかった。

木材をどうすればこれほどしなやかに曲げられるのだろう。

綺麗(きれい)な円形の建物は天井まで貫く吹き抜けで、壁際だけが上下二階に分けられている。出入り口を除いて壁は一面本棚で埋め尽くされ、天井に近い本は二階の通路に上がって尚(なお)、梯子(はしご)での昇降を必要とした。

一階の中心にはこちらも円形の貸出カウンターがあり、司書が分厚い台帳に記録を付けているのが見える。

壁とカウンターの間は九十度で四つのエリアに分けられて、北側は衝立(ついたて)付きの自習机、西側と東側は本を読む為の机と椅子が並び、南側には複数人で囲めるテーブルが設置されていた。

北側では無言を必須(ひっす)とされるだろうが、南側はどう見ても会話を前提とする距離感である。その為に自習机とはカウンターを挟んで反対側にあるのだろう。

(理央はこういうとこで細かい)

弓削は心の中で独りごちたが、図書館の古い木独特の深い風合いや、窓もなく締め切られた空間は、全方向から厳かな威圧感に迫られる。

「儀式って何かな」

弓削は声を潜める余り、掠(かす)れ声になった。

「何であれ、俺達が調べる必要あるか？　先輩達が突き止めてくれるよ」

日辻は気乗りしない様子で、本を探す前に椅子に座っている。

獅子王は無感動に二人を見た。

「僕が知りたいだけだ。別に付き合ってくれなくていい」

獅子王と日辻の間に冷気が流れた気がして、弓削は震えを払おうと身振りを大きくした。

「でもさ。でもさ。後で教えてもらえるだろ」

「弓削は学院にとって原因究明と再発防止、どっちが重要だと思う？」

「え、ええと」

「再発防止」

迷う弓削に代わって、日辻が即答した。

事件の原因が分かる事と、事件が二度と起きない事。どちらが学院に有益かと言えば後者だろう。もし儀式や呪いなどといった眉唾(まゆつば)な動機だとしたら尚更である。

「仮に解明したとしても、わざわざ話を広めて事を大きくするとは思えない。僕達は数ある寮のひとつの、たかが一年生だ」

「そうだ。この間のテスト泥棒、一般見学に便乗した外部の人だって。冬まで見学中止になったから、構内は安全って寮監が言ってた」

弓削の予定では二人の安堵した顔が見られるはずだったが、タイミングがタイミングなだけにうんざりする色が強く出た。

「確かに。また有耶無耶にされるのは愉快ではないな」

日辻が重い腰を上げる。弓削は元より、犯人に興味があった。

「何から調べる？」

「トマトに関する文献かな」

「お伽話は？　枕の下に写真とか乳歯を置く国あるよな」

「いいかもしれない」

獅子王が二階の本棚を仰ぎ見る。分類札によれば、ファンタジーの本は二階の西にあるようだ。

「弓削に任せた。僕はトマトで検索してくる」

「理央に手伝ってもらえば？」

「何故」

「本棚が高いから」

弓削が引き止めると、獅子王が口の両端を下げた。

「何の為に梯子があると思っている」

「あ、獅子王の背が小さいからじゃなくて、古い梯子って重いから」

「小さくない」

獅子王がいよいよ眉を顰める。弓削から見た彼はいつでも堂々としているから、身長など気にも留めていないと思っていた。

「理央」

弓削が助けを求めて振り向くと、日辻は上の空で天井を見上げている。

「ずっと気になってるんだけど……」

「お前まで何だよぉ」

「何だろう。思い出そうとするとお祖父様の笑顔が過ぎる」

「全然分かんねえ。もういいよ、本を探そう。な」

「おい」

むくれる獅子王とぼんやりする日辻を連れて、弓削がどうにか階段の下まで移動した時だった。背後から突き刺すような尖った声に呼びかけられて、三人は階段の上り口で団子になって立ち止まった。

「邪魔」

端的に不快を示したのは、やたら身形の整った生徒だ。細い眉と二重の目、鼻は高くはないが筋が通って、唇はアヒルの様に幼く波打つ。癖のない髪が耳元を覆い、前髪はきっちり眉の高さで切り揃えられて、几帳面な印象を抱かせた。

「特別寮」

日辻が呟く。

一糸乱れず身に纏う制服のネクタイが黒地に紫ラインである事に気付いて、弓削は少なからず萎縮した。彼は特別寮の奨学生だ。襟章にはⅡの文字が刻まれている。

「通れるだけの幅は空いています」

獅子王が黒目だけを動かして階段の片側を示す。彼の態度は普段と変わりなかったが、初対面では通用しない。さぞ不機嫌に見えた事だろう。二年生はますます語気を荒らげて、広げた手を胸に当てた。

「ぼくは特別寮二年の角崎だ。青寮の一年生が喧嘩を売るとは生意気な。道を譲れ」

だが、角崎の振り翳す威光は獅子王には通用しなかった。

「図書館の本は寮、学年を問わず、平等に閲覧が許されています」

「ぼくが探しに来たのは学内公演に必要な資料だぞ」

「だから？」

「獅子王、聞き方」

日辻が彼の袖を引いたが、獅子王はきょとんとしている。おそらく単に理解出来ないから尋ねたのだろう。弓削も正直に言えば学内公演がどれほどのものか知らないが、角崎の口振りから尊重しないと神経を逆撫でする事は推察出来るではないか。

案の定、角崎は顔を紅潮させて奥歯を嚙み合わせる。静電気で髪が乱れ、頭の丸い輪郭が揺らいだ。

「特別寮の名は伊達ではない。ぼくは選ばれ、招かれて学院にいるんだ。放課後は各分野の特別授業、寮付教師の人数は倍」

「奨学対象の専門教科に特化するなら、寮付教師の数が増えて当然だと思う」

「それだけじゃないぞ。君達のボロ寮と違って一年生から二人部屋を用意され、ベル当番はなし、エアコンだって最新式だ」

「それはちょっと羨ましいかも」

獅子王は素直だ。

漸く肯定的な返事を得て、角崎も溜飲が下がったのだろう。彼は誇らしげにネクタイの結び目を上げて、これ見よがしに鼻筋を反らした。

「悔しかったらせいぜい硬い雪兎を作る事だ」

「硬い」

「雪兎？」

突然、何の話を始めたのやら。

首を傾げ合う弓削と獅子王の間で、日辻が猫目を大きく見開いた。

「思い出した！」

事件の鍵(かぎ)は、遠い過去にあったのだ。

☆　☆　☆

回答二

半球の天井に木製の地図が嵌(は)め込まれている。地球儀の中にいるかのようだ。

ドーナツ状の梁(はり)を厳かに支える柱は木目まで直線を貫いて歪(ゆが)みない。漆喰(しっくい)の白壁が六本の柱の間を埋めて、一面置きに嵌め込まれた上げ下げ窓が青々とした木立の木々を眺める。

葉を透かした陽光が組み木細工の床を淡く照らす。

赤寮(ルーフス)、黄寮(フラーウム)、緑寮(ウイリディス)、青寮(カエルレウム)、特別寮(ウイオラーケウス)。

各寮長が円卓に着くと、六席ある椅子はひとつ余り、扉の前に立つ下級生の姿が五人の視線に晒された。

「話を聞こう」

特別寮長の早乙女が腕を差し伸べて促す。手首を回転させて指を開いてみせる動作が優雅で、月下美人の花が咲くかのようだった。

「推測の域を出ない事をお許し下さい」

彼の前置きを拒む者はいない。

赤いネクタイの寮長が傲然と腕組みをする。黄色のネクタイの寮長はそんな彼から椅子の上で体勢を退け、緑のネクタイの寮長は場違いなほど朗らかに微笑む。青いネクタイの寮長は毅然と姿勢を正して彼が話し始めるのを待った。

彼のまだ幼い喉が決意を飲み込んだ。

「一連の出来事には幾つかの共通点がありました。ひとつは犯行に使われた寝室が玄関から最も近い位置にあった事」

早乙女が艶やかな睫毛で目配せをすると、五人の寮長が顎を引いたり笑みを広げたりして肯定を返す。

「御存じの通り、寮の寝室には鍵がありません。外部からの侵入は学院の校門で防がれますが、校内の人間は出入りが容易でした」

「防犯ゆるゆるだもんね」

「アルバイトの報酬などといった貴重品は鍵付きのロッカーに預けている。何ら問題はあるまい」

「だから、前から言っているじゃないですか。各寮のエントランスにコンシェルジュが常駐すれば、防犯も生活のサポートも盤石になるって」

「寮監(ハウスマスター)と寮母(メイトロン)の役目だ」

「コンシェルジュは特別寮にしかいないのだったか。すっかり忘れていたな」

華々しく破顔した早乙女に、数人が歯噛みや溜息(ためいき)を忍ばせた。

下級生は彼らの様子を気に留める風もなく先を続ける。

「問題の焦点は置かれていた物に絞られます。青寮と黄寮はトマト、赤寮は桃、緑寮は葡萄(ぶどう)と、いずれも傷みやすい野菜や果物です。見付け難(にく)い場所に隠されており、発見が遅れた結果、それらはおぞましくも異臭を放つに至りました」

「冷蔵庫でもあれば日持ちしたのだろうが、特に他寮の空調は古く、効きが悪いと噂に聞く」

「奨学生(スカラー)様のお家自慢はいちいち鼻に付く」

赤寮長が辟易(へきえき)した調子で舌を出す。対する早乙女は柳に風だ。

「言うまでもない、自慢の我が家だ。うちの寮ならトマトも桃も室温で一週間は瑞々(みずみず)

しく保たれただろう」

「まさにその通りです、早乙女先輩」

下級生は声を一際高くして、左手に抱えていた本を掲げる。表紙は経年劣化で黄ばみ、タイトルも掠れて読めない。背表紙に糸を通した痕があり、何度も修繕されているのが窺えた。

「約百二十年前の寮監の記録です。雪兎の立証と呼ばれる事件が綴られています」

下級生が指を挟んでおいたページを開き、円卓を回り込んで早乙女の前に差し出す。

「ほう」

早乙女は目を通してニヤリと笑うと、左隣へ本を滑らせた。ドミノ倒しの様に、寮長達が順に一読して表情を改める。

下級生は最後の一人に本が回るのを待って、話を継いだ。

「当時、各部屋に暖房はなく、冬は限られた毛布に包まって、震えて夜明けを待つ外ありませんでした。ある雪の日、生徒達は雪兎を作って部屋に持ち帰り、三日目に寮監と寮母を呼びました」

雪兎は硬ければ硬いほど溶け難い雪塊となったに違いない。

「三日間、雪兎が溶けない部屋で生徒を寝起きさせるのは非人道的所業である。雪兎は更に三日間、観察されて、全室にストーブが配備される運びとなりました」

「つまり今回の件はこれを踏襲したもの」

「知ってか知らずか、犯人の知識は定かではありません。しかしながら、最新の冷暖房が完備された特別寮だけ事件を免れている事からも、冷房設備の強化を訴えかける実力行使と考えて、推理に綻びはないと考えられます——腹が立つ事に」

「腹が立つ？」

「すみません。言葉の綾です」

下級生が自身の言葉を誤魔化したのは明らかだ。が、寮長達はより重大な問題を議論しなければならなかった。

「テロ、或いはデモに相当する反逆行為だ。我々が言いなりになっては図に乗らせるのではないか？」

赤寮長が呼気を荒くする。

黄寮長がおずおずと挙手をした。

「ですが、寮が暑くて過ごし難いのも事実です」

「冷房を入れてくれるなら寧ろ応援したいなあ。ここだけの話ね」

緑寮長が暢気に手を叩く。

「意見としては真っ当だが手段が手段だ。先生方に報告するのは如何なものか」

早乙女は寮生の不祥事と捉えているらしい。無論、彼の寮に犯人はいないとも考えているのだろう。

俄(にわ)かに生まれた対立の構図が空気を不穏にする。

「事件を明るみに出す必要はない」

濁った沼に冷水を注ぎ込むように、青寮長が静かに発言した。

「室温のデータを収集して正式に意見書を提出する。寮長の連名で実測数値に基づいた報告をすれば、学院も無視出来ないはずだ」

「連名か。赤寮は異存ないが」

「緑寮は元より」

「黄寮も賛成です」

青寮長が早乙女を見つめる。下級生も固唾(かたず)を飲んで彼の判断を待つ。

「特別寮(うち)は無関係だが……」

早乙女は一周してきた本を再読して、芝居がかった仕種(しぐさ)で表紙を閉じた。

「学院の環境向上に反対する理由はない。一にして至高の名を連ねる事とする」

「素晴らしい慈愛の精神です。早乙女先輩。差し出がましいようですが、よろしければ教員宿舎のデータも参考にしては如何(いかが)でしょうか？　寮と近しい値であれば、教員の方々にも賛同して頂けます。もし差があれば、生徒の不利益を主張出来ます」

「検討しよう」

「ありがとうございます！」

下級生がお辞儀をして、眉で切り揃えた前髪を跳ね上げる。

早乙女は音も立てず椅子を引くと、円卓を立って下級生の肩に手をのせた。

「よくやった。寮長として鼻が高いぞ、角崎」

「勿体ないお言葉です」

角崎が頬を赤らめて、昂揚のまま声を弾ませた。

☆

鉄製のガーデンテーブルに楠の葉が落ちる。

木陰でなければ、今頃このテーブルはパンが焼けるほどに熱くなっていただろう。

日差しが遮られているお陰で天板の表面はひんやりと冷たい。

季節外れの蟬が逞しく独唱する。

「手柄を横取りされた」

弓削が頬を膨らませると、硬いテーブルに押し返されて顔の輪郭が拉げた。

「あ、ソーダアイス美味い」

日辻が水色の棒付きアイスを齧って目尻を綻ばせる。獅子王は小豆の氷菓子を舌先で舐めて、眉間を手で押さえた。

「聞いて」

「アイス食べないの？」

「うー」

弓削はチューブアイスを銜えて、恨みがましく唸った。

被害に遭ったのも、資料を手に入れたのも、事実に辿り着いたのも、彼ら三人だ。獅子王や日辻単独の功績とされるならまだしも、角崎は通行人Aに過ぎない。

「雪兎の話を知っていたのは角崎先輩だ。彼がいなければ謎は解けなかったという点で、立役者ではある」

「まあ、犯人が分からず終いなのは少し気になるかな」

「ほうだよ！　おれたひかやのほとじゃ」

「何て？」

アイスを口から離さずに賛同したら、弓削の言いたい事は言語を形作らなかった。

乳酸菌ドリンク味が美味しかったので仕方ない。

獅子王が頭痛と戦いながら、漸く一粒目の小豆を食む。

「事件の根本原因は、数日で野菜も腐る環境に生徒を住まわせている学院側にある。犯人の訴え方にも非はあるが、正当な環境改善を果たした後に正々堂々と対処すればいい」

「角崎の手柄横取りは？」

「僕には損も得もない。疑問が解けて納得している」

日辻と弓削が半分ほど食べ進めているのを見て、獅子王は小豆アイスに前歯を立てた。彼の挑戦は、両目を瞑り、顳顬を押さえた時点で敗北を喫した。

異なる発想、新鮮な感覚。

弓削幸希から見て、獅子王という生徒はやはり未知の生物だ。弓削は嬉しくなって居ても立ってもいられずガーデンチェアから立ち上がった。

「また面白い事、起きないかな」

「物騒な」

「縁起でもない」

日辻と獅子王が眉間に皺を寄せる。

「オレ、学院に入ってよかった」

弓削は数滴残って溶けたアイスを飲み干して、ゴミ箱に放り投げた。潰れたチューブが軽やかな放物線を描いて投入口に吸い込まれた。

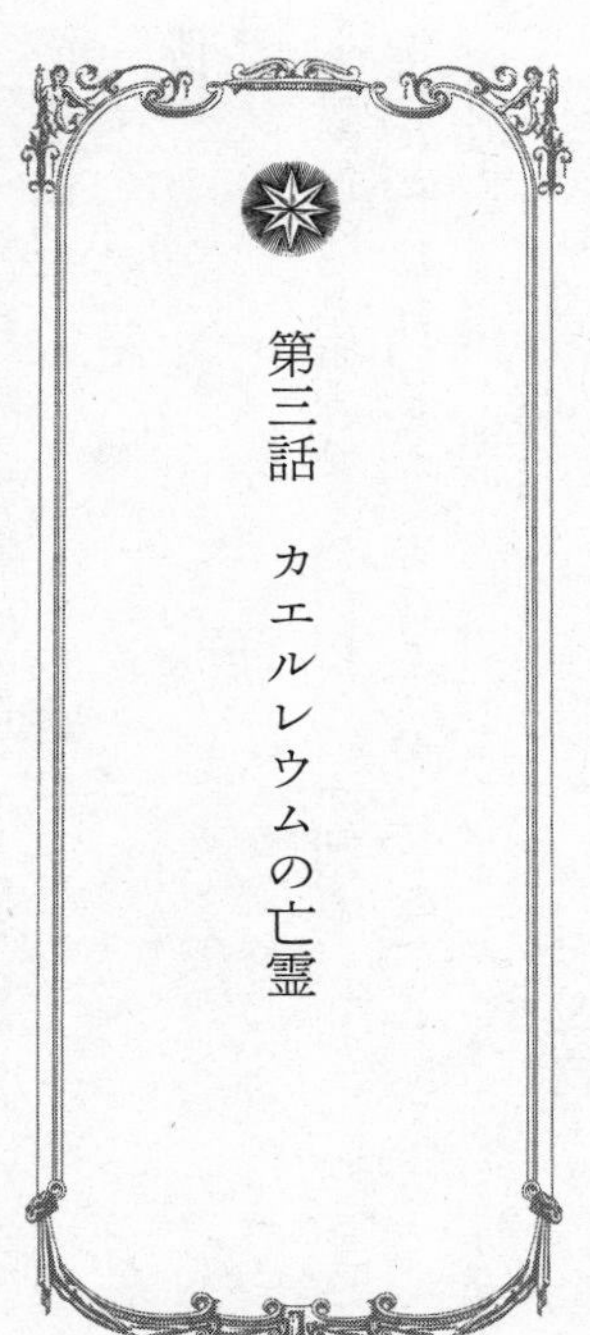

第三話　カエルレウムの亡霊

問三

皆が彼の名を呼びました。皆が彼を知っていました。
けれど、彼は初めから存在しませんでした。
何故でしょう?

1

擂鉢(すりばち)型の観客席に全校生徒が入ると、劇場(ホール)が呼吸を始めたかのようだった。

無闇に私語を発する者はいないが、浮ついた空気は平時の授業と一線を画して、防音絨毯(じゅうたん)を敷き詰めた床が微(かす)かに振動しているようにすら感じられる。

舞台の上方に佇(たたず)むパイプオルガンが劇場を見渡している。重厚な管を連ねた神々しい楽器も、今日は息を潜めて壁の装飾の一部に甘んじた。

下手から張り出した石造りの城壁、煉瓦(れんが)の家と白いバルコニー、そこに届くほど伸びやかに枝を広げた樹木、いずれも本物と見紛(みまが)う精密な造りで、板敷の床を見なければ舞台である事を忘れそうだ。

細部まで拘(こだわ)った舞台装置の中で床だけ石畳などにしなかった理由は、芝居の幕が上がって間もなく明らかにされた。

オーケストラボックスで演奏される曲目はセルゲイ・プロコフィエフの『ロメオとジュリエット』。獅子王の実家は演奏会に足繁く通う家庭ではなかったが、彼でも聞いた事のある有名な曲だ。弦楽器が主旋律を奏で始めると、舞台袖から黒基調のタイトな衣装に身を包んだ一団が登場してバレエを披露する。次いで反対袖から白基調の衣装を身に纏った一団が現れてステップを踏み、黒い一団と入れ違い始めた。

モンタギュー家とキャピレット家の抗争を表現しているのだろう。

やがて彼らに紛れて二人の生徒が姿を現す。

男性の装いは黒地に青の差し色をしたジャケット。歩を踏む足にも自信が溢れ、しかし何処か若い危うさが視線を定めない。

女性は白地に金の差し色をしたドレスを優雅に揺らす。跳ねるような足取り軽く、見るもの全てに目を輝かせて無垢な笑顔を絶やさない。

男性は交錯するダンサーに翻弄され、女性は時に共に舞い、遂に対面した。

舞台狭しと巡り踊っていたダンサーはいつの間にか舞台袖にはけている。二人は円を描きながら徐々に距離を近付けて、舞台の中央で手を取り合った。

二人は踊っている訳でも歌っている訳でもない。台詞は古い言い回しで意味の分からない単語も使われている。それでも尚、舞うように動き、歌うように話す様は、バレエよりもオーケストラよりも優麗だ。

手紙を添えておけば。本人から話を聞いていれば。小学生の頃、この物語を知った時に獅子王が思案した回避策が無粋に思えてくるほど、美しく純粋なロミオとジュリエットの生き様がそこに在った。

二人の死で舞台の幕は閉じ、観客席から拍手が巻き起こる。獅子王は先輩達の様に、場を読み、タイミングを見計らい、気の利いた歓声を飛ばす事は出来ないので、真剣に手を叩き続けた。

劇場に朗らかな活気が行き渡る。話し、笑い合う気配は、常日頃の学院と何ら変わりない。銘々に席を立って教室に戻る中、エントランスを出た辺りで漸く息継ぎをするみたいに、弓削が感嘆の声を発した。

「綺麗な人だったなー」

「うん」

獅子王は首肯した。明るい太陽の下に戻って来ても尚、余韻で心は劇場の中だ。

「何処の学校の人だろう？　校内公演の度に外部生に頼むのかな」

「寮付教師の大学生かもしれない」

「水を差すようで悪いけど、ジュリエットなら早乙女先輩だよ」

日辻の一言に、獅子王は水を差されるどころか極寒の滝に打たれたかのような衝撃を受けて凍り付いた。

「えー！　早乙女って、特別寮の寮長だろ」

弓削が遠慮なく声を上げた所為で、紫ネクタイの生徒らが疎ましげに振り返る。

「先輩。四年生」

「知ってるよ。あの顔も動きも話し方も派手で、いけ好かない感じの奴」

「幸希、二十秒黙れ」

日辻が弓削を御して背を押し、足早に劇場前を離れる。獅子王は真っ白になった頭に難解な数式と古文と化学記号の語呂合わせが駆け巡って、日本語の話し方を忘れてしまった。

人の流れが分散して、校舎傍に聳える楠の影に入った瞬間、

「二十！　もう、何ィ？」

弓削が不満を全開にして日辻を睨む。

日辻は額に手を当て脱力した後、気を取り直すように眉頭に力を籠めた。

「特別寮を敵視する生徒は多いけど、表向きは大人しくしてる。卒業したら国や企業の重要なポストに就く事が決まっている上に、在学中も発言力があるからだ」

「優秀なのは知ってるけど」

「中でも演劇部は目立つ。どう転んでもこっちが損するぞ」

「面倒くさい。同じ生徒なのに」

弓削が愚図るのを聞いている内に、獅子王の意識も現実に馴染んで帰って来た。

「そうだな、同じ生徒なのに……別人の様だ」

舞台の上で恋に生きたジュリエットは、可憐な十三歳の少女だった。

呟いた獅子王に、日辻と弓削が唖然とする。

「獅子王って意外と流されやすいんだな」

「人は見た目で判断しちゃいけないって姉ちゃんが言ってた。騙されるなよ、獅子王」

「何の話だ」

二人は訳知り顔で獅子王を嗜めながら、目は興味本位で笑みを堪えきれずにいる。

獅子王は初めて彼らが煩わしくなって、一足先に木陰から歩き出した。

「ごめんって、獅子王」

弓削が追いかけて来て、ぶつかるように肩を並べる。

「新入生歓迎公演は特別寮の主催だけど、演劇部だけの本公演も年に数回ある。中の人間はともかく、単純に楽しみだな」

「…………」

「引っかけ問題じゃないから」

獅子王が警戒して上目遣いで窺うと、日辻が申し訳なさそうに微苦笑して言う。獅子王は自分の方こそ申し訳ない気持ちになって、眼光を緩めて頷いた。

「特別寮公演だったんだ。だから脇役に棒読みの奴もいたんだな」

「幸希。そうだけど」

弓削が懲りない分、日辻の方が折れて額を押さえる。弓削は悪気がないのだろう、日辻の疲弊には微塵も気付かず、校舎のアーチを潜った。

「彼奴いなかったなあ、角崎」

「角崎先輩。特別寮の全員が舞台に上がる訳ではないから」

「違うよ」

日辻より校内行事に詳しくなさそうな弓削が断言するのが不思議で、獅子王は彼の顔を見上げた。日辻も左の眉を顰めている。

弓削がアーチの下で立ち止まり、掲示板のポスターを指差した。

「ここに名前が載ってるのに」

それは今日行われた新入生歓迎公演の告知だ。手を取り合うロミオとジュリエットを描いた油絵は獅子王も見覚えがあった。出演者の文字まで目を通していれば、二番目に早乙女の名がある事に気付けただろう。

弓削の人差し指が突き刺しているのはアンサンブルの欄で、一人一人の名前は極めて小さい。だが確かに、角崎の名が印刷されている。

「よく見てたね、幸希」

「オレ、芝居とか眠くなっちゃうから、知ってる奴出るかなーって見といたんだ。で、ずっと角崎探してたんだけど見つからなくて、難易度インフィニティ級かよ」

独特の楽しみ方があったものだ。獅子王が感心する隣で、日辻が繁々とポスターを眺める。

「本当だ、気付かなかった。獅子王は？」

「僕も見逃したと思う」

「絶対いなかった」

角崎探しに集中していた弓削が言うのだから、そうなのだろう。

「病欠かな」

「緊張し過ぎて腹壊したんじゃないか」

彼らの無責任な想像は、時計台が次の鐘を鳴らすより前に打ち砕かれた。

教室へ続く廊下、等間隔に並んだ柱は床から一メートルほどの高さに台を備え、ギリシャ神話に語られる神々の胸像が飾られている。早朝や夕暮れに通ると黒目がないにも拘らず視線で追われているようで、切迫感から小走りになる生徒も少なくない。

しかし、普段は威圧感のある胸像も廊下を通る生徒達も、一人に視線を奪われているかのようだった。

一年生の間に立つと、長身とそれに見合ったバランスの良い体格がまず目を惹く。身体の一部の様に着慣れた制服は未だ清潔感と布の張りを保ち、伏せた瞼は物静かだが、無言の佇まいから光に似た生命力を感じて圧倒される。

「瀬尾寮長だ」

「どうしたんですか？」

弓削と日辻が声を掛けると、彼は二人を順に見て、最後に獅子王を捉（とら）えた。

「君を呼びに来た。先生には許可を取ってある」

「僕ですか？」

獅子王は問い返して、すぐに心当たりに行き着いた。

「身元保証人（ガーディアン）に何かあったのですか？」

「いや。三人共、こちらに」

瀬尾は頭（かぶり）を振って、獅子王らを先導した。

廊下の角を曲がると同級生の視線が絶たれる。ざわめきはまだ聞こえていたが、瀬尾の声を遮ることはない。

「二年の角崎を知っているな」

「はい」

「彼が君を呼んでいる」

獅子王は思わず眉間（みけん）を寄せた。瀬尾相手でも授業を差し置いて連れ出される理由が解らない。況（ま）して、角崎など赤の他人に等しい。

「やっぱり舞台に出てなかったんだ」

「みたいだね」

弓削と日辻が囁(ささや)き合う。

瀬尾の理性的な黒い目が僅(わず)かに揺れたように見えた。

「学院内の宿舎で殺人未遂が起きた。角崎はその容疑者として拘束されている」

「さ……」

余りに非現実的な言葉に、獅子王は復唱する事も出来なかった。

弓削と日辻が顔を強張(こわば)らせる。

瀬尾の視線に貫かれる。

「彼は自分以外を容疑者に挙げた。——君だ、獅子王」

今日はよく頭が真っ白になる日だ。

2

半球の天井の下に立つ。

等間隔に聳(そび)える柱が円形の床と梁(はり)を繋(つな)いで、鳥籠(とりかご)に閉じ込められたようだ。

輪状の円卓に座る五人の内、獅子王が顔を覚えているのは二人。青寮長の瀬尾、そして特別寮長の早乙女だ。お陰であとの三人もいずれかの寮長なのだろうと推測が付いた。お誂え向きに全員が異なる色のネクタイをしている。

コンコンコン。

扉が外から叩かれる。

「どうぞ」

招き入れる早乙女の声は可憐なジュリエットとは似ても似つかない。

ドアノブが回る音が重苦しく響いた。

「失礼する」

彼が姿を現すと、真っ先に早乙女が立ち上がった。

「吉沢先輩。御足労頂き、申し訳ありません」

「気にしなくていい。流石に寮だけで収めろというのも無理な話だ」

飄々とした態度は変わりないのに、吉沢から緊迫した気配が伝わる。彼が六つ目の席に座るのを見て、獅子王はいよいよ事態の深刻さを実感した。

「さて、諸君。我々は決断を迫られている。守るべきか見送るべきか。猶予はない」

早乙女の芝居がかった語り口調に導かれるように、円卓の輪の中心に視線が集まる。輪の中心、背凭れのない椅子に座らされた獅子王の元に。

身体を支える背骨がぎしぎしと軋んだ。

「角崎二年生は嘘を吐いた。信憑性は如何ほどか」

赤いネクタイの寮長が頭ごなしに否定して不貞腐れる。隣の席で黄ネクタイの寮長が、自分が怒らせたみたいに竦み上がった。

「何でも話が早ければいいと言うものでもないよ。彼に事情を聞かなくては。ねえ、青寮？」

緑ネクタイの寮長が瀬尾に水を向ける。

獅子王は初めて、自身の言動が青寮に帰属する事を直感した。この場を仕切るとしたら、特別寮長の早乙女か生徒会長の吉沢だろう。しかし、尋問は極自然に瀬尾に託された。

瀬尾は監督下の寮生の責任を取らなくてはならないのだ。

「獅子王」

「はい」

彼の真摯な眼差しが、獅子王の胃を締め付ける。

「各寮に野菜、及び果物が捨て置かれた事件について、角崎と話をしたか？」

「しました」

「経緯を覚えている限り聞かせて欲しい」

瀬尾が黙ると空気が張り詰めて、彼だけでなく全員が獅子王に意識を傾けているのが分かる。声を聞こうとする者、指先ひとつの動きも見逃すまいと目を光らせる者。

獅子王は右手でズボンを握り締めた。神経がヒリヒリするのに、身体の感覚は厚い布を隔てたみたいに鈍かった。

「図書館で角崎先輩と出会しました。寮の空調の話になって、先輩から過去に抗議行動があった事を教えられました。それを聞いて、トマトの件も同じではないかと考えました」

「何故、自ら報告しなかった？」

「角崎先輩が、自分の方が寮議会に話を通しやすいと言ったからです」

「どっちかが嘘だな」

赤寮長が不機嫌に机を二度叩く。角崎の証言と食い違ったらしいが、どの部分が異なるのか、獅子王には知る由もない。

「問題は誰が報告したかではない」

瀬尾が進行を引き戻す。黄寮長が頻りに頷くと、赤寮長が舌打ちをして黙った。

「獅子王は角崎に何か提案を持ちかけたか？」

「提案というほどの事ではありませんが」

質問の流れから、少しずつ角崎が容疑者とされた理由が見えてくる。

「学院の人達が実際に暑さを体験してみればいいと言いました」

「どういう形で？」

「宿舎の空調を止めて眠るだけです。夜でもまだ屋内は暑いですが、窓を開ければ涼しい風が入るから、熱中症の心配も不要だと思いました」

「そうか。分かった」

瀬尾が頷くと、早乙女が見計らったように右腕を前に出す。その優雅な動作に赤寮長さえも目を惹かれて、話の主導権が彼に移った。

「角崎は情報の出所を隠匿した。それによって事態が攪乱された事については特別寮長として謝罪しよう。しかし、情報源の保護は警察でも行われる。後輩思い故の行動であり、その優しさを利用されたと言えるだろう」

「一時の名声と向けられた容疑で相殺だね」

緑寮長が邪気のない笑顔を向ける。角崎が得た手柄に関して言及もしなかった早乙女だが、言葉にされては反抗も出来ないようだ。

彼は空咳をして、獅子王に向き直った。

「獅子王琥珀。彼の進言によって今回の事態が引き起こされた事は明らかとなった。

彼は寮議会に守られるに値せず。特別寮長は引き渡しを提案する」

「異議なし」

赤寮長が迷わず手を掲げる。

「え、困ったな。もう決めなくては駄目ですか？」

「悩む余地ないだろうが」

「そうなんですけど。黄寮長は保留で、すみません」

黄色のネクタイを手に絡めて下を向く彼を、緑寮長が微笑ましく眺める。

「僕は異議なし。彼が無実だとしても学院として警察に捜査協力をすべきだからね」

「警察……」

獅子王の心臓が火を点けたように熱くなって鼓動が速まる。反対に手足の先が冷えて、頭蓋骨の中身が渦を描いた。

獅子王は揺れる視界に瀬尾を捉えた。

「寮長、教えて下さい」

彼に聞かされた話が今更になって真綿の様に獅子王を締め付ける。

『学院内の宿舎で殺人未遂が起きた』

瀬尾はそう言った。

「夜間に窓を開けていた所為で誰かが襲われたのですか？」

「白々しい」

赤寮長が溜息を吐く。

「あの、考えたんですけど、瀬尾君はこの子を黄寮の現場に連れて来ましたよね」

「第一発見者として意見を求めた。生徒会長も立ち会っている」

瀬尾が黄寮長に答えると、吉沢も同意を示した。

「青寮の獅子王、弓削、日辻を黄寮に入れた。三人いる理由は聞かなかったが」

「日辻は家族が代々卒業生で学院への忠誠心が高い。弓削は年功序列や権威への常識的な恐怖心を持っている。同行させるのに適任だと考えた」

「それって、獅子王君だけでは不安だったから？」

黄寮長の問いに、瀬尾は答えなかった。赤寮長が愉快げに笑う。

「第一発見者を疑うのはセオリーだよな」

「あの、やっぱり僕も吉沢君に賛成します」

黄寮長が小さく手を挙げる。

「瀬尾寮長」

獅子王は呼びかけたが、瀬尾が応える間はなかった。

「賛成四人、過半数で可決だ。寮議会は角崎一等の拘束を解除、獅子王琥珀を警察に引き渡す」

早乙女が立ち上がり、高らかに宣告する。

静観に徹していた吉沢が顎を載せていた手を解いた。

「瀬尾、いいか？」

「……お願いします」

「それじゃあ、後はこっちで預かる。獅子王」

吉沢が椅子を引いて、輪状の円卓の跳ね板を上げた。

皆が獅子王を見つめる。瀬尾も、彼から視線を動かさないでいる。

「寮長。僕は何もしていません。トマトの時も、今回も」

「大丈夫だ、獅子王。警察は無能ではない。安心して正直に話せばいい」

硬い声。事態は最早、彼の手を離れたのだ。

獅子王は席を立って瀬尾に頭を下げ、吉沢に従った。

3

警察の事情聴取は一時間にも及んだ。

準備棟の会議室でスーツの刑事二人と制服の警官に囲まれて、話を捏造したり取り繕ったりする余裕など獅子王にはなかった。

ひたすら愚直に見聞きした事を話す獅子王に、彼らの質問も段々と率直になった。

「被害者の帯川弘治と面識は？」

「ありません。名前も初めて聞きました」

「赤寮の寮付教師だ。名前は知らなくとも顔見知りにはなれるだろう」

「入学して一ヵ月です。青寮の寮付教師でも、まだ全員とはお話し出来ていません」

「複雑な仕組みだ。この学院がまるで一個の独立国じゃないか」

刑事がぼやいてファイルを閉じる。

「御苦労様」

事情聴取は唐突に呆気なく終了した。獅子王が会議室を出る時、閉まる扉の隙間から気の早い会話が聞こえた。

「帰していいんですか？」

「見ただろう。あの背丈じゃ犯行は無理だ」

未だ事件の経緯も判らないが、容疑は晴れたらしい。

獅子王が準備棟から校舎に戻ろうとすると、渡り廊下で吉沢が待っていた。彼は獅子王を呼び止めて、授業に出ずに寮に帰っていいと言う。

首を傾げる獅子王に、吉沢は言葉を選ぶように時間をかけて答えた。

「何故、寮議会がわざわざ事前に多数決を取ったと思う？」

「分かりません」

警察から解放された今となっては、獅子王は議会を通さずに警察と話しても良かったと思うくらいだ。吉沢の笑顔に微(かす)かに影が差す。

「君は『警察に呼ばれた生徒』になった。君から縁遠い生徒ほど噂で先に君を知り、勝手な解釈で人物像を作ると覚悟しなければならない」

「どういう意味ですか？」

「すぐに分かるよ。悪い事は言わない、早退して休むといい。身体が疲れていると心も弱くなるもんだ」

吉沢の忠告は正しかった。

翌朝、食堂に入った獅子王を出迎えたのは無数の目。好奇、懐疑、恐怖、嫌悪、肌に突き刺さる負の感情は氷の針の様に冷たい。

木製のトレイと食器が床に転がる。サラダの野菜が散乱して、パンが皿の下敷きになった。

獅子王の腕に、衝突された感覚が生々しく残った。

「おい、ぶつかった奴。片付け手伝えよ」

弓削が怒鳴ったが、遠巻きにする生徒は個を失っていた。非難と嘲笑が誰からともなく膨らんで獅子王に注がれる。

「準備……野菜を……」

「……前に暴力……」

「二年に押し付けて……保身に」

耳が拾う単語の欠片が、獅子王に自身の立場を認識させた。

吉沢は正しかった。

「獅子王、片付けはいいから戻りなよ。寮監に話して、寮でサンドイッチでも食べられるようにしてもらおう」

日辻がわざと明るく笑う。彼も問題は朝食だけでないと気付いている。

「此奴ら」

「幸希。騒ぐと獅子王が余計に居づらくなる」

弓削が握り潰さんばかりの勢いでトマトを拾うと、素見す笑い声が聞こえた。

獅子王が居座れば二人まで巻き込んでしまう。

「ごめん」

「気にすんなよ！」

「大丈夫。すぐ収まるさ」

弓削と日辻の励ましが嬉しい反面、尚更二人にまで悪意の矛先を向けさせるようで、獅子王は逃げるように食堂を後にした。逃げざるを得ない事が堪らなく悔しかった。

「ただいま戻りました」

「お帰りなさい」

寮に戻ると、天堂が植木鉢のミントをハサミで切っていた。

彼が獅子王を手招きする。また叱られるのだろうか。理解を怠った獅子王が連れて行かれたのは、職員のプライベートエリアだった。

薄青に塗られた木壁と高過ぎない天井が、過敏になった獅子王の神経を和らげる。ダークブラウンの床は食堂での一件をフラッシュバックさせたが、丸テーブルに並んだ食器が獅子王を新しい感覚に誘った。

紺色のテーブルクロスの上に斜めに重ねられた正方形の白いクロス、その上にセットされた皿は透けるような白に金の縁飾りが施され、銀のカトラリーは曇りひとつなく磨かれている。

「一緒に朝食を頂きましょう」

獅子王は頭がぼんやりしたまま、天堂が引いた椅子に腰を下ろした。

籠にはテーブルロールが積まれて、仕切りの付いた角皿でたっぷりのバターとジャムが添えられている。大きな丸皿は取り皿ではなかったらしい。天堂が丸皿の上に一回り小さな皿を重ねて置く。スクランブルエッグとベーコン、ソーセージ、ラタトゥイユが盛り付けられたワンプレートだ。

スプーンに映る獅子王の顔の、何と間延びして滑稽な事か。

天堂が最後に、スープ皿にコンソメスープを注いでパセリを浮かべた。

「召し上がれ」

「いただきます」

獅子王は深く考えず、スープを掬って口に運んだ。

塩気が舌を喜ばせ、水気が喉を潤して、胃がじわりと温まる。

「美味しい」

声に出すと、獅子王の右目から涙が一粒零れ落ちた。

(悔しい)

獅子王はスプーンを握り締めた。

角崎に事件の話をしたのは獅子王だ。彼に容疑が向いた事に罪悪感を覚えこそすれ、告げ口されて腹が立つといった感情は起きない。

警察への引き渡しを拒まなかった寮長も同様だ。彼らは正しい選択をしたと思う。

生徒達が噂を聞いて、獅子王を疑うのも致し方ない。教師に呼び出されるだけでも何かしでかしたかと怪しまれるのが常だ。呼び出しの元が警察となれば猜疑心が向くのは免れないだろう。

ひとつずつ納得に落とし込む度に、ならばどうすれば良かったのか、獅子王は八方塞がりに陥って思考と心の行き場を失った。

身体の中で飽和したそれらが凝縮されて目から落ちる。

（悔しい。力がない、言葉がない。僕はこんなにも不自由だ）

存在の小ささを痛感しながら、スープを飲んで身体が呼応すると、自分がどうしようもなく生きている事を思い知らされた。

「知っていますよ。獅子王さんは犯人ではありません」

天堂がテーブルロールを千切って断面にバターを塗る。彼はパンを口に運んで咀嚼してから、獅子王が凝視してしまっている事に気付いたようだ。照れたみたいに膨らんだ頬を手で隠して、急いでパンを飲み込んだ。

「貴方は一時の激情に任せた悪しき手段で物事を解決する人ではないと信じています。はは、何だか格好が付かないですね」

「ありがとうございます」

実際、スマートとは言い難かったが、獅子王には彼の気持ちが嬉しかった。

「スープのお代わりは如何ですか？　今日のコンソメは自信作です」

「寮監が作ったのですか？」

「従兄弟(いとこ)が遊学中に作ってくれて、私も一通り覚えました。各国の体験をするグランド・ツアーですが、具合が悪い時は故郷の味を食べたくなりますから」

「料理ができるのは格好いいと思います」

「そうでしょう？　器用で優しい従兄弟です」

獅子王は天堂を褒めたのに従兄弟自慢にすり替わってしまうのだから人が善い。

寮監を助けた優しさが、今、獅子王を助けている。

（悲しい気持ちよりこの温かさの方がいい）

獅子王はコンソメスープを掬った。スプーンに映る歪(ゆが)んだ自分が覆われる。

心臓に針が刺さったような感覚は残ったが、スープが身体の隅々まで染み渡ると、暗い影は陽だまりの温かさに中和されて消えていった。

4

掲示板のポスターが剝(は)がれかかっている。ピンが外れた上端の左側がめくれて、ロミオの顔が覆い隠されてしまった。風を含んだポスターは他のピンまで抜けて吹き飛ばされそうだ。

二人で笑いながら歩いて来た生徒が、獅子王に気付いてアーチの隅に避ける。煉瓦敷きの階段を上り、すれ違う生徒の視線を意識的に無視して語学教室に到着すると、偏見の眼差しはより強く鮮明に獅子王を苛んだ。

獅子王が最前列の廊下側に着席すると、近くに座っていた生徒達が席を立って後方へ移動する。前の扉から入って来た生徒は、獅子王を見るや駆け足で友人の元に駆け寄った。

中でも顕著な反応をしたのは、赤いネクタイを身に着けた生徒達だ。

彼らは険しい顔で膝を突き合わせ、獅子王を盗み見ては密やかに言葉を交わす。距離を取りながら敵愾心を隠す気はないらしい。

教室に刺々しい空気が漂う。

また前の扉が開いて、獅子王は教科書を開き、無視を決め込む準備をした。

「おはよう、獅子王」

日辻だ。彼は教室に入るなりいつも通りの挨拶をした。後ろから弓削も顔を出す。

「あー、いた！　先に行っちゃうんだもんな。遅刻したらどうすんだよ」

「先に出たなら遅刻はしないだろう」

「オレが。寝坊するの」

弓削と日辻が他愛ない口論をしながら、獅子王と席を並べる。獅子王は困惑して彼らに尋ねようとした。

「人殺し」

教室の後方から遠雷の様な声が聞こえた。

途端に、室内が静まり返る。全員が獅子王から目を逸らす。声の主が特定出来ない。或いは、全員が同じように思っているのだろうか。

「お前ら！　根も葉もない事、言うなよ」

弓削が立ち上がって誰へともなく語気を荒らげると、近くにいた赤ネクタイの生徒が肩を竦めて震える言葉を返した。

「けど、寮の先輩も殴ったんだろ」

「それは……」

弓削には否定出来ない。事実だからだ。

獅子王は席を立った。教室中の皆が自分を見ている。息が詰まる静寂の下、獅子王は教科書と筆記用具をかき集めて束ね、教壇の正面の席に移動した。

「獅子王」

日辻が追って動こうとしたが、鐘の音が許さなかった。

「席に着いて。先週の続きから」

教師は教壇に立つなり、黒板を文字で埋め始める。獅子王は板書に没頭して同級生も、弓削も、日辻も、意識の外に追いやった。

警察に呼び出されたのが獅子王だけだったのは、不幸中の幸いと言えるだろう。弓削と日辻を巻き込みたくない。

獅子王は授業が終わると同時に教室を出た。授業が始まる寸前に着くよう見計らって次の教室に移動する。昼食は売店で菓子を買い、裏庭の小神殿(フォリー)で食べる事にした。四阿(あずまや)とよく似ているが、その用途が実用でなく装飾に限られた点で異なる。海月(くらげ)の様な屋根を円柱で支えたまさに小型の神殿で、直径二メートルほどの床の中心で女神像がたおやかに微笑んでいる。

獅子王は女神の足元の段差に腰かけて、シリアルバーの包みを破った。開封の勢いで崩れたシリアルが石造りの床に散る。放っておいても鳥が啄(ついば)みに来るだろう。

「夕飯が問題だ」

獅子王がシリアルバーを齧(かじ)って、今後の対策に頭を捻(ひね)った時だ。

「失礼、同席しても構わないかな？」

今度は誰だ。

獅子王は身構えて、困惑した。

女神像が生命を吹き込まれたのかと思った。

長い髪は肩の辺りで緩やかにカールして清潔に纏(まと)まり、右へ流した前髪が顔に落とす影が強い眼差しをいっそう知的にする。

濃緑色のワンピースはベルトを巻いただけの素朴なデザインだが品があり、立襟の胸元は鎖骨の下までシャープに開いて、首元に一粒のパールのネックレスを覗(のぞ)かせた。

獅子王は彼女を見た事がある。入学して最初の授業、特別教室で学院の一員となる為の心構えを聞いた。

「校長先生」

「ここは森の風が通って涼しいね。君はいい場所を見付けた」

水上は女神の足元に躊躇(ためら)いなく腰を下ろして、膝の上でランチボックスを開けた。ピラフにチキンとトマトソースが載った、近くのダイナーの人気メニューである。

「久しぶりの外出で浮かれてしまった。ひとつお裾分(すそわ)けだ」

「頂けません」

学院では休日以外、生徒の無闇な外食を禁じている。獅子王が拒むと、水上は臆面(おくめん)もなく言った。

「君が食べないなら捨てる」

「本気ですか？」

「遺憾だが」

彼女の目は真剣だ。

「……ありがたく頂戴します」

「逆だよ、獅子王琥珀。君は私の頼みを聞いたのだから、堂々と食しなさい」

水上の言葉は骨より丈夫な芯を通したみたいに、自身の意志に沿って揺らがない。

獅子王は段々、彼女の方が正しいように思えてきて、紙製のフォークを組み立て終わる頃には何の気後れもなくなっていた。

ピラフは米がふっくらと炊けて、皮をパリパリに焼いたチキンとの食感の違いが癖になる。角切りのトマトが形を残すソースは酸味と微かな辛味が相まって爽やかだ。

「代わりと言っては何だが、そっちの菓子をひとつ貰える？　デザートにしたい」

「どうぞ」

獅子王がピラフを頬張ったまま未開封のシリアルバーを差し出すと、水上はイチゴ味を抜き取って袋を裂いた。ランチボックスは既に空になっている。

彼女はシリアルバーを奥歯で折って、目頭を指で押さえた。混ぜ込まれたフリーズドライのイチゴが酸っぱかったのだろう。

「大丈夫ですか？」

獅子王が尋ねると、水上が反問で返した。

「君は？」

ピラフもチキンもトマトソースも美味しい。だが、問いの核心は別にある。

「問題ありません」

「それが本当なら、私は君に、これは問題だと認識させなければならない」

水上が声音を引き締める。

彼女が真剣であればあるほど、獅子王は理解が及ばなくなった。問題などないに越した事はない。況して、学院にとって面倒事を起こす獅子王は厄介な存在だろう。噂はいずれ風化する。それまで獅子王が身から出た錆を堪えれば良いだけではないか。

「何故、わざわざ事を荒立てるのですか？」

「学院は生徒の心を鈍化させる為にあるのではない」

水上がシリアルバーの袋を一つ結びにする。彼女がそれを空のランチボックスに落とすと、紙のフォークと擦れ合って鈴の様な音がした。

「ぼくが鈍いと？」

「若しくは知らないか。自身の置かれた状況の正当性、行動の適切さ。判断には膨大な知識と認識が要る。無知が生む偏見や無意識の暴力を自覚して、自身と他人を守れる人間を作るのが教育だ。しかし……」

水上が不意に語尾をくすませる。彼女はランチボックスの蓋を閉じた。

「人間の恐怖心は根深い。多くの迫害は未知への防衛本能から生まれる。学院でも昔から続く課題だ。紳士を育てる学院が聞いて呆れるだろう？」

「呆れません。校長先生も寮監も、ぼくを気にかけてくれます。寧ろ、ぼくの方が呆れられ、見放されても奇妙しくないくらいです」

獅子王は頭を振った。短い黒髪が撥ねて風に晒される。

水上は双眸に何処か懐かしむような光を湛え、目を細めた。

「私が教師をしていた頃、織戸という生徒がいた。彼が孤立したきっかけは些細な行き違いだと聞いている。私は重大な問題と認識しなかった。かばかりか、いつまでも尾を引いているのを織戸の心の弱さと見做した」

語る彼女の声音は、芯の強さを残しながらも消え入るように儚い。

「強くなれ。堂々と胸を張れ。私は彼の背を押し続けた。酷い教師だ」

「励ましてはいけなかったのですか？」

獅子王の爪先に止まりかけた蜻蛉が、怯えるように飛び立つ。

「人は誰でも弱い。弱いと認識しなければ、心身を鍛える事は出来ない。私がした『教育』は、ガラスを岩場に投げ付けるような薄情な暴力でしかなかった」

獅子王は人の心の機微に疎い。しかし、水上の心が深い後悔に暮れている事は考えるまでもなく分かった。

「校長先生」

獅子王はフォークをチキンに刺した。

「僕は大丈夫です。けれど、弱さを恥じない強さを持ちたいと思いました」

「ありがとう」

水上に礼を言われた理由が、獅子王には理解出来ない。獅子王はチキンの刺さったフォークでランチボックスのピラフをかき集めて、最後の米一粒まで平らげた。

「あれは君の友人ではないかな」

水上が不敵に笑う。立ち上がる彼女の視線を追って裏庭を見遣ると、芝生の風浪に逆らって二人の生徒が駆けて来るのが見えた。

彼らは小神殿に近付いてから、彼女が校長だと気付いたらしい。一度立ち止まって顔を見合わせ、歩く姿勢を正した。

「校長先生、こんにちは」

「こんにちは！」

「御機嫌よう」

水上がロミオよろしく精悍な面差しで挨拶を返す。

獅子王は自分のランチボックスに水上のそれを重ねて手早くゴミをまとめた。巻き込みたくないのに、不用意に近付かないでもらいたい。

「校長先生、御馳走様でした」

「どう致しまして」

水上が獅子王の手からゴミを取り上げる。校長に後片付けを押し付けるのは気が引けたが、一刻も早く彼らから離れなければならない。

「失礼します」

獅子王は幼少期から武道を嗜んできた。実家が道場で、摑まり立ちを覚えたのも門下生の防具と戯れていた時だった。だから、体捌きには多少の自信があった。

「！」

弓削に二の腕を摑まれる。日辻が行く手を阻む。獅子王は彼らに後れを取った事に衝撃を受けて、手の振り解き方が分からなくなってしまった。

「僕に近付くな」

「は？」

頭上から見下ろされる。日辻の目が据わっている。俄かにたじろいだ獅子王に追い討ちをかけるように、弓削が肩から体当たりをしてきた。

「獅子王には退学から助けてもらったからな。今度はオレが守ってやる」

弓削が満面に笑みを咲かせる。

「そんなの、僕は勝手に、自業自得で」

「何？　聞こえない」

日辻がわざとらしく耳に手を添える。

弱くてもいい。この弱さは獅子王がひとつの無知から脱した証明だ。

「……、……よろしく」

「おう！」

「こちらこそ」

弓削と日辻が晴々と笑うので、獅子王も笑うしかなくなった。

「校長先生。学院も手を尽くしてくれるのですよね」

「君はしっかりしている、日辻理央」

水上が段差の縁で踵（きびす）を返した。濃緑のスカートが翻って追いかける。

「犯人の目星は付いた。逮捕まで辛抱してくれ」

「学院内の人ですよね」

「何で？」

弓削が目を丸くするが、そこに言及するのは日辻の秘密に抵触しかねない。獅子王は二の腕に力を入れて弓削に合図を送り、日辻から話を引き継いだ。

「寮監に聞いただろう？　冬季まで学院の一般見学は休止している。校内に入れるのは学院の関係者だけだ」

水上が眉間の皺を解いて、前に流れた髪を背に送った。

「他言無用で頼むぞ、諸君」

「はーい」

「分かりました」

「女神像に誓って」

「宜しい」

水上が女神に並んで顎を引く。二人の間から差す陽光が神々しかった。

「では、三人とも授業に——」

「校長。こちらにいらっしゃいましたか」

小神殿に慌ただしく駆け込んで来たのは、養護教諭の相楽だ。今本の件で世話になったから獅子王は面識がある。

パジャマの様な熊柄のシャツに黒のカーゴパンツ、裸足に草履を引っ掛けて、無頓着に伸びた髪は寝起きの様にぼさぼさだ。外見の印象の九割を白衣に助けられている。

相楽が猫背を伸ばして水上に耳打ちする。途端、水上の形相が険しく強張った。

「校長先生」

水上が段差を降りようとして、手にしたゴミを持て余す。獅子王が彼女の手から空のランチボックスを引き受けると、水上の瞳に掛かった霞が晴れ、明澄な理性を呼び戻した。

「三人とも寮に帰りなさい」

「授業が残っています」

「全校に帰宅令を出す。急ぐので済まない」

言うが早いか、水上は颯爽(さっそう)と裏庭を横切って校舎の角で見えなくなる。

「それじゃあ、お大事に」

相楽が場にそぐわない決まり文句で立ち去ろうとするのを、獅子王は白衣の裾(すそ)を摑んで引き留めた。左右を見ると、日辻と弓削も白衣を握り締めている。

「参ったなあ」

「相楽先生」

「うーん」

相楽は弱り顔で白衣の襟を押さえ、獅子王に目を留めた。

「獅子王君」

「はい」

「安心して。君の不名誉な噂は明日にも消えるよ」

「何故ですか？」

白衣の裾にドレープが寄る。

「帯川先生の事件の容疑者が襲われた。犯人は現行犯で取り押さえられたらしい」

相楽が話してしまった後で、バツが悪そうに人差し指で口元を塞いだ。

「容疑者が、犯人で、逮捕」

弓削が話の断片を拾って繋げようとする。彼の混乱を日辻が言語化した。

「殺人未遂犯も、殺人未遂犯を襲った犯人も警察に身柄を確保された」

「事件解決って事？　ですか？」

獅子王の指の間から白衣がすり抜けて重力に従う。

拍子抜けするほど呆気ない終焉だった。

5

陽が沈む前に、事件の幕引きは広く知れ渡った。

逮捕現場を多くの生徒が目撃していた為、教員が箝口令を敷くより早く学院中の人口に膾炙したとまで言われている。

犯人の名は必ず驚きと共に告げられた。

榎田(えだ)文永(ふみなが)、一年生を担当する科学教師である。

灼熱(しゃくねつ)の真夏日でも紳士然と身形(みなり)を整えて、生徒とは常に和やかに語る。お堅い印象を抱かれがちだが、老眼鏡の天然石をあしらったグラスチェーンにも見られるように、洒落(しゃれ)た遊び心のあるベテラン教師だ。

その為、榎田は学院を穢(けが)す容疑者に裁きの鉄槌(てっつい)を下したとも囁(ささや)かれた。

橙色(だいだいいろ)の夕陽が差して、窓が西を向いているのだと分かる。アーチ形だと思っていた窓はよく見ると上部が梁(はり)で区切られていて、上部の半円は二本の縦桟(マリオン)を備えたディオクレティアヌス窓だ。

天井を縦断する竿縁(さおぶち)はアラベスク模様を描いて青緑色に塗装され、照明を吊(つ)る無骨な鎖とレースを模した繊細なシェードが異国情緒を漂わせる。空調の吹き出し口は木格子、床は板を斜めに組んだヴェルサイユ張り、備え付けの棚は縁に豪奢(ごうしゃ)な彫刻が施されて古式ゆかしいマントルピースを彷彿(ほうふつ)とさせる。

一方で、向かい合う机は機能美を追求したステンレス製で、カーボン椅子の座り心地は良さそうだが六本足のキャスターが折角のパーケット床に傷を付けそうだ。追加された書棚も分類箱も、目に映る限り近代的な調度品しかない。

それでも不思議と馴染(なじ)んでいるのは、カーテンやシェードと同じ白で統一されているからだろうか。

「その辺、適当に使って」

吉沢が机の上の書類を束ねながら言う。

「適当と言われても」

日辻が戸惑うのも無理はない。どの席にも役職名が書かれた札が立てられている。

書記、会計、庶務、広報、副会長、生徒会長。

「じゃあ、オレ副会長」

弓削は喜んで椅子を選んだ。獅子王も日辻ほど抵抗はない——どちらかというと生徒会室という場所より、持ち主に無断で座る事の方が気にかかる——ので、手近な椅子に浅く腰かけた。書記の席だ。

瀬尾が庶務の席に着く。会計の席には鮫の抱き枕が鎮座しており、日辻は居心地悪そうに広報の椅子に腰を下ろした。

「まずは獅子王。よく堪えてくれた。生徒会長として礼を言う」

吉沢が両手を膝頭に置いて額を伏せる。

「防いでやれず済まない」

瀬尾が言葉少なに謝る。獅子王は首を振った。

「寮長に非がない事は理解しています。他寮の寮長達も、捜査協力の観点から正常な判断だと思いました」

「外の常識と学院内の認識には齟齬がある。必ずしも両立しない」

「大丈夫です。と――」

「と？」

獅子王は言い止して首筋を固まらせた。思わずそちらを向きそうになったからだ。

「友達がいたので」

図々しくはないだろうか。窺った空気が誰かの笑みを含んだ。

「事件について学院は広く生徒のメンタルケアを行う。だが、真相が詳らかに語られる事はないだろう。私は、君達が望むならば、風聞でない事実を伝えてこそ心の安寧に通ずると考える」

「君らはちょっと関わり過ぎたからね」

瀬尾の堅苦しい説明に、吉沢が簡単な補足を加える。

獅子王は一も二もなく答えた。

「聞きたいです」

「オレも」

弓削が天を衝く勢いで挙手する。日辻は一拍考えてから答えた。

「聞かせて下さい。ショックは受けるかもしれませんが、分からないまま不用意な想像をするより自力で対処出来る気がします」

「分かった。オレが分かる限りの事を教える」

「辛くなったら話を中断させても申し出るように」

瀬尾の注意に、獅子王は腹を括って頷いた。

吉沢が黒いファイルを開いた。

「殺人未遂と目される今回の事件、最初に襲われたのは帯川弘治。赤寮付教師だ」

「年齢は五十二歳。外部の大学で講師を十年勤めた後、市立博物館の館長経験を経てシードゥス学院に採用された」

瀬尾が帯川の経歴を諳んじる。獅子王には学院の採用基準が順当か否かの判別は付かないが、寮議会で赤寮長の機嫌が悪かった原因の一端を垣間見たような気がした。

「帯川弘治は同じく寮付教師を務める同僚との個人的な交際を望んでおり、言動にも包み隠さず表していた。ところが、彼女には既に恋人がいた。二年生担当の数学教師、島津翔だ」

「駄目じゃん」

弓削の反応速度が礼儀を追い越す。瀬尾が窘めるように厳しく彼を睨め付けたが、吉沢は砕けた調子で笑いかけた。

「学院に知れると不都合もあると考えて、二人は私的な付き合いを隠していた」

「だから、すぐには名前が挙がらなかったのですね」

日辻が顎(あご)に手を当てて、考え込むように中空を見つめる。

「ついでに、同僚は職場で空気が悪くなるのを恐れて、帯川に対する拒絶も飽くまで柔らかい態度しか取れず、随分と思い悩んでいたらしい」

「彼女から心療内科の受診記録が提出されている。島津先生にも度々相談していた」

「事件当夜、教職員宿舎は空調実験で二階の複数の窓が開放された。島津は帯川と宿舎が違ったから、この上ないチャンスと捉(とら)えた」

獅子王は教職員が暮らす宿舎はひとつだと思っていたが、寮付教師だけでも五寮で四十二人いる。通いの教職員を除いても一棟で収まる人数ではない。

吉沢がファイルに挟まれた用紙を取って裏返す。紙には写真が印刷されており、微笑みを浮かべた仮面が映っていた。白い石膏(せっこう)の様な質感で金色の塗料で模様が描かれている。

「島津は帯川の部屋の電気が消えるのを待って、木を伝ってバルコニーに上り、マスクを着けて部屋に侵入。刃物を使って学院から出ていくよう脅したが、取っ組み合いになって刃物が帯川に刺さってしまった——と供述している」

「家庭教師もロミオもジュリエットも、恋心に踊らされ過ぎだろ」

「ロミオなら……やりそうだ」

「ぬ」

「うん」

獅子王の感想に、弓削と日辻が呻いた末に頷き返した。

「ハハ。初めはジュリエットが疑われたらしい。だが、バルコニーと木以外に侵入の痕跡はなく、凶器に指紋はなし。彼女の体格と腕力では難しいとなって漸く、二人の仲を知る匿名者の情報で島津の存在が浮上した」

「警察には話さなかったのですか？」

「話した。けど、警察が到着する前に、話を聞いた榎田が島津の部屋に押しかけて『悪を成敗！』とやった訳」

吉沢が空の右手で想像の剣を袈裟に振ってみせる。

弓削が身震いをして身体を細くした。

「榎田先生、優しそうだったのに」

「紳士的で誇り高く見えました。学院に泥を塗った事が許せなかったのかな」

日辻の声は沈んで悲しげだ。

「そうかもね。島津にも最後まで『名誉を踏み躙る気か』『返せ』と叫んでた。それに、帯川先生と同じ宿舎だから、個人的に友達だったのかもしれないなあ」

吉沢は逮捕時に居合わせたようだ。思い出す眼差しが笑みを遠のかせる。瀬尾が立ち上がって彼の手からファイルを取り、両手を合わせて閉じた。

「榎田先生の行動は、学院の教える紳士とはかけ離れたものです。名誉を踏み躙ったのは彼自身では？」

「瀬尾、お前はいつも正しいね」

「ありがとうございます」

　瀬尾は吉沢に素っ気なく礼を言って、ファイルを机に置く。

「獅子王、日辻、弓削」

「はい、寮長」

「君達に責任はなく、負い目に感じる理由もない。論理的に理解したか？」

　瀬尾が平坦(へいたん)な声音で感情を排除した。

トマトを見付けて雪兎の事件に行き着き、空調の提言をした。窓が開いていなければ、帯川は襲われなかったかもしれない。だが、彼らの関係は獅子王の預かり知らぬ内に極限まで切迫しており、鉄槌(てっつい)は榎田の独断で下された。

　吉沢と瀬尾が三人を呼び出した意図を確信する。

　獅子王は弓削、日辻と頷き合った。

「はい！」

　答える声が一致した。

　窓の上部から橙赤色(とうせきしょく)が紫紺色へ変わり、空が夜に沈んでいく。吉沢が机の端に手を伸ばす。照明が徐々に光を強めて、シェードの裾に下がるガラス玉と星が輝いた。

「解き明かされていない謎が、個人的には気になるがな」

「謎ですか」

獅子王の脳が黒い煤で煙る感覚がする。

「聞きたい！　です」

弓削が椅子の上で跳ねると、吉沢が口の端を上げて人差し指を立てた。

「その一、島津の部屋が散らかっていた」

「大人同士が争ったのです。散らかりもします」

「瀬尾？」

「……素手による殴り合いでの被害にしては不釣り合いだった。小さな竜巻が部屋を通ったと仮定する方が近い」

否定しきれず、瀬尾が白状する形になった。

「その二もあるのでしょうか？」

日辻が訝しげに追及する。

吉沢がファイルをずらして、机に伏せられていた用紙を瀬尾に差し出した。瀬尾が獅子王の前に置くと、弓削と日辻も席を立って集まって来る。

マスクと同様に写真が印刷されている。

「鍵穴？」

「こちらは榎田先生の机だ」

鍵付きの抽斗の、大写しにされた鍵穴の周りに、無数の傷が刻まれている。

「こじ開けられたみたいに見えますね」

日辻の意見が、獅子王の心を写し取った。

「帯川先生の机ではないのですか？　だって襲われたのは……」

「だから、謎なのさ」

吉沢が肩を竦めて失笑する。

獅子王は鍵穴の写真を意識の中心に据えた。額に熱が集まる。

鍵と言えば、日辻が閉じ込められた保管室が記憶に新しい。あの男が教職員宿舎にも侵入したという可能性はないだろうか。

「吉沢先輩。保管室に侵入した犯人を御存じですか？」

「君が知っているよりは自然だね」

吉沢がにやりと笑う。瀬尾が首を傾げ、弓削と日辻が小さくなるのを見て、吉沢はますます愉快げに笑みを広げた。

「彼は探偵だ」

「探偵が泥棒？」

これには日辻も弓削と共に素っ頓狂な声を上げた。獅子王は顔にこそ出さなかったが、内心は驚愕に等しい。

「職業はね。その実、素行調査からお遣いまで何でも代行請負業者で、報酬次第では法も侵す。今回は『シードゥス学院に侵入して試験の問題用紙を入手する』という依頼を受けて、見学ツアーに潜り込んだと証言した」

「どういう方法で誰に依頼されたのですか？」

「そこまでは聞いてないなあ」

吉沢は両手を掲げて答えをあっさりと放り出した。

決定打が足りない。その上、獅子王が感じる閉塞感があと一手で辿り着ける間際なのか、行き詰まった袋小路なのか、自身でも見分けが付かなかった。

帯川、島津、榎田、名も知らぬジュリエット。

学内公演で観たジュリエットはこの世の幸福を集めてガラス瓶に閉じ込めたみたいに美しかった。彼女の為に学院の誇りを捨て、危険な橋を渡る者がいても致し方ないと思えるほどに。早乙女自身とはまるで別人である。

獅子王の頭が熱を持つ。心臓と脳がすり替わったかのように頭蓋骨が鳴動して、獅子王は眩暈すら覚え始めた。

「その情報は、君が平穏な学院生活を送るのに必要か？」

思わぬ方向から手を差し伸べられた。この場で、彼だけは止める側だと思っていた。

「寮長……」

瀬尾が椅子の足元にしゃがんで獅子王と視線を合わせる。理知的で明澄な彼の双眸に映ると、獅子王の心まで透明になっていくようだ。

「必要です」

獅子王の答えを聞いて、瀬尾は即座に立ち上がり、背を返した。

「会長。お願いします」

「オレは取り柄のない平凡な会長だって言ってるのに」

そう言いながら、吉沢の手は既に電話に伸びている。

「卒業生が警察幹部にいる。学院での事件を世間に伏せられるのも先輩方のお力だ」

彼は椅子を回転させて、窓辺に立った。

気さくで軽妙な語り口が、僅かに畏まった物言いを織り交ぜる。

獅子王は呼吸を絞って沈黙した。

電話が切られるまでは五分と掛からず、吉沢がゆっくり振り返った。

「依頼は手紙で、前金も同封されていたそうだ。問題用紙の送り先は郵便局の私書箱だが、指定された郵便局にはない番号だった」

静電気が走るみたいに、獅子王の脳裏で火花が散る。

「依頼人の名前は……」

吉沢はペンを取り上げると、ブロックメモに書き付けて一枚を切り離す。

『織戸和巳(おりべかずみ)』

習字の様に美しい筆致が名を記した。

☆　☆　☆

回答三

学習室の席が退屈そうに方々を向いている。

事件の影響に配慮して自由参加になった夜間の学習時間は、獅子王らを含めて寮生の半数にも満たなかった。寮付教師も七人の内、三人が欠勤している。学院の外に自宅を構える顔ぶれだから、通勤が制限されたのかもしれない。

しかし、閑散とした学習室は穏やかでもあった。

事件に心を傷めた生徒は休養しており、学習室に来た者も心身が不安定に見えた場合は寮監が話を聞いて自室に帰した。

ノートを開くのは自制心の強い落ち着きのある生徒に偏向して、その多くは自分より獅子王を気遣ったり、冷ややかな態度を詫びたりした。

「大丈夫、ありがとう」

獅子王は声をかけてくれた全員に無愛想に答えた。平素から笑顔を振りまく性格ではない。他事に気を取られている時は尚更だ。

二十一時からの追加講義を希望する者はなく、定時前に自然と解散し始める。寮付教師も教える相手がいなくなり、四人連れ立って寮を引き上げた。

人気の失くなった学習室で、天堂が机から飛び出た椅子を戻して回る。彼は置き忘れられた辞書を遺失物棚に移動させて、戸締りを確認した時、暗い窓に映る人影に気付いて振り向いた。

「獅子王さん。忘れ物ですか？　ラテン語の辞書でしたら棚に置きました」

「寮監。グランド・ツアーのお話を聞かせて下さい」

「弓削さんと日辻さんも御一緒でしたか。またの機会にと約束していましたね」

天堂はシャツの袖を上げて腕時計を確認すると、椅子を引いて、猫足の円卓に腰を落ち着けた。

獅子王は寮監から一席空けた左側の椅子に座った。更に左に日辻と弓削が並ぶ。

「グランド・ツアーのあらましからおさらいしましょう」

天堂が三人の顔を一巡り見て微笑みかけた。

「古い学習形態のひとつで、ツアーの主目的は『本物を知る』事にあります。家庭教師と従者を連れて各国を巡りながら、学校と同程度の教育を受けるのです」

「世界中？」

「ええ。音楽の授業ではウィーン国立歌劇場でオペラを鑑賞し、歴史の授業では遺跡や博物館を巡ります。言語学が体験の利を発揮する最たる教科ですが、数学などは第一人者の教授の講義に参加する事もありました」

「夢の様なお話ですね」

日辻が感嘆の声を漏らすと、天堂は自嘲するように眉を傾けた。

「現代では殆どないと聞きます。私が無理を言って、従兄弟を付き合わせたのです」

「織戸和巳」

獅子王は単刀直入にその名を告げた。

日没より冷たく天堂の顔から表情が消えて、瞠られた目は耳を疑っている。

「天堂寮監の従兄のお名前で合っていますか？」

「誰から聞いたのですか？」

天堂の反問は、肯定に他ならなかった。

獅子王は導き出した考えをひとつずつ取り出して、言葉に当て嵌めた。

「二週間前、学院の保管庫に侵入者がありました。犯人は職業探偵で、学力考査の問題用紙の入手を依頼されたそうです。依頼人の名は織戸和巳」

「きっと名前を使われただけです。彼が問題用紙を欲しがる理由がありません」

「はい。織戸和巳の目的は試験ではありませんでした」

天堂の右の中指が、左手の甲に爪を立てる。

獅子王は瞼を伏せて、円卓の木目を視線で数えた。

「探偵が一般見学に紛れて侵入した事で、学院は冬季までの見学中止を決定しました。門の警備も強化され、構内から部外者は排除されました」

「排除という単語は極端なきらいもありますが、外部に対する防犯態勢は万全です」

日辻が獅子王の表現を和らげると、天堂が眉を下げた。

「侵入者を使って学院の防犯意識を高める。迷惑か親切か、判断に困りますね」

弓削がふと机の下を気にする。獅子王は右下方に黒目を動かした。

天堂の踵が床から離れ、下される。弓削はこの微かな振動を感じ取ったのだろう。

獅子王はグラスに水を持参しなかった事を悔いた。

「翌週、特別寮を除く四寮に野菜や果物が放置される事件が起きました。犯行は誰にでも可能で容疑者の特定には至りませんでしたが、動機の推測は立ちました」

「空調への抗議でしたね」

「仰る通りです。データ収集の為、教職員宿舎で実験が行われる事になりました」

獅子王の安易な提案は、奇しくも生徒の不満の受け皿となる要素を持っていた。空調の古い四寮に限定された事で、学院で過去に起きた事件との関連に加えて、環境設備の不公平性に焦点が絞られてしまったからだ。

教職員に寝苦しい気温を味わわせる事を、実験と称した報復でもあったと笑ったのは吉沢だ。隣で否定しなかった瀬尾の涼しい顔まで思い出される。

「実験当夜、教職員宿舎の二階の窓が開放されました。先の警備強化により学院内が安全と目されていなければ、この実験は許可されなかったでしょう」

「実験に至るまでを見越して、探偵に窃盗依頼をしたと言うのですか？」

「そう考えると辻褄が合います」

「結果論に思えますが……いいえ、とりあえず獅子王さんのお話を前提にしましょう。だとしたら、探偵に依頼をしたのは従兄弟の名を騙った島津先生と考えられます」

天堂の言い分は尤もである。獅子王にも正味のところ、島津の行動が計算に組み込まれていた確信はない。榎田の件を考えると予定外だったとすら思える。

「島津先生が帯川先生を脅し、殺人未遂事件に発展。榎田先生は島津先生を断罪しましたが、こちらも傷害事件となりました」

「生徒の間では、学院の誇りを守る正義の行動とも言われているようですね」

「正義ではありません」

獅子王の言葉に、天堂が驚いた顔で両の瞼を押し上げた。

「正義はなかった」

獅子王はくり返し断言した。

一秒の静寂が、やけに長く感じられた。

「君の考えを聞かせて下さい」

「榎田先生は島津先生に『名誉を踏み躙る気か』『返せ』と言っていたそうです。学院内で教員同士が諍いを起こし、警察の介入を余儀なくさせた事件は名誉を踏み躙る愚行とも受け取れます。では『返せ』とは何か」

吉沢から話を聞いた時、獅子王は最初、失われるであろう学院の名声や信頼を取り戻せと叱咤したのだと思った。しかし、二枚の写真を見て疑問を覚えた。

「島津先生の部屋は竜巻が通った後のように荒らされていました。もし『返せ』が物理的な返却を求めていたとしたら、榎田先生が目的の物を捜したとは考えられないでしょうか」

「現行犯逮捕と聞いています。物を捜す時間はなかったのでは？」

「襲われて抵抗した時に部屋が散らかった、という最初の推理に引っ張られるとそうなります。しかし、榎田先生が島津先生の部屋で何かを捜している最中に島津先生が帰宅したとすれば筋が通ります」

「彼は何を捜していたのですか？」

「『返せ』と言うからには、元は榎田先生の持ち物に違いありません。そして、榎田先生の机の鍵にはこじ開けたような傷痕がありました」

荒れた部屋と鍵穴の傷。三人の教師。

「帯川先生と榎田先生は同じ教職員宿舎です。彼らの宿舎に島津先生が侵入した日、帯川先生は襲われて、榎田先生の鍵の掛かった抽斗から何かが盗まれました。痕跡が見付かった侵入経路はひとつ。榎田先生が島津先生に窃盗の疑いを掛けたとしても無理からぬ状況です」

だが、現実には四人目がいた。

「島津先生に続いて木を登り、バルコニーを伝って榎田先生の部屋に侵入。鍵をこじ開けて抽斗の中身を盗み、島津先生より先に宿舎を脱出した人物がいたとしたら」

『知っていますよ。獅子王さんは犯人ではありません』

探偵に依頼した織戸和巳。彼の名を、獅子王は他の場所でも聞いている。

天堂は言った。思うでも信じるでもなく、知っていると。

喉が渇く。

脳に熱が籠って視界がぐらぐらする。声が喉に張り付いて乾涸びる。

獅子王は固く目を瞑った。

俯いて丸くなった背中にシャツが触れる。

「……？」

シャツだけではない。質量を伴う感覚があった。

瞼を開くと、日辻が獅子王の背に手を添えている。弓削が必死に前を向いている。

「寮監」

獅子王の喉に風が通って、呼吸の仕方を思い出した。

「織戸和巳は貴方です」

天堂の踵が床に落ちる。彼は円卓に重ねた手を裏返して、自分の手の平を見た。

「どうして」

「校長先生が覚えていました。昔、織戸という生徒が学院で同級生から迫害行為を受けていたと。探偵に依頼した人物の名前を聞き、彼自身が既に学院内にいる可能性を想像しました」

「では、『天堂』との関係から辿ったのですね」

「貴方は学院を自主退学して、親戚の天堂家に引き取られました。大学を卒業後、織戸家に戻って独り立ちしたと聞いています」

「誰に？」

「お話し出来ません」

情報源は守る。協力を仇で返す訳にはいかない。だが、学院の卒業生から警察の捜査情報が手に入るくらいだ。織戸も詮索はしなかった。

「ばれてしまったなあ」

織戸は椅子を引いて座面に浅く座り直し、背凭れに上体を預けた。疲れたように表情を崩した途端、寮監だった彼とは別人に見える。

「些細な躓きだったんだ。言い間違いか、発音ミスだったか。茶化されて、空気を壊したくないから笑って受け流して、そうしている内に揶揄は度を越して攻撃的になっていった。私を虐げる事が場を盛り上げる娯楽と化した」

「ひどい」

「相談はしなかったのですか？」

日辻の問いに織戸が目尻を歪める。

「君は言えますか？　学院で立派に勉強していると信じる両親に、自分は対等な人間として扱ってもらえない、皆に見下されて、価値のない者と扱われていると伝えて、落胆させたいと思えるでしょうか」

「……言えません」

「僕が家族なら、言って欲しいです」

獅子王が横槍を入れると、弓削も同調して拳を上下に振った。

「先生は知ってたんでしょ？　ですよね？」

「知っていたどころか」

織戸が大きく息を吸い込んで、乱れかけた語気を抑えるように奥歯を嚙み合わせる。彼は自身の拳を腹に捻じ込んで胃の腑を圧迫した。

「当時の科学担任が榎田文永。彼は喜々として同級生らと調子を合わせて、だんだんと率先して新たな虐げ方を実行するようになりました。外部採用された直後で、生徒の人気が欲しかったのでしょう」

「クズじゃん」

弓削が勢い余って立ち上がり、膝を円卓の底にぶつける。痛みに蹲る彼を日辻が背を撫でて宥めた。

「それで、学校を辞めて天堂家に？」

「受験を支えて高い授業料を納めた両親に、合わせる顔がありませんでした。叔母は私を引き取り、グランド・ツアーの体裁で旅行に送り出してくれました」

「『従兄弟を付き合わせた』と仰ったのは、織戸さんの本心だったのですね」

日辻が得心に沈む。

「コンソメスープも？」

「従弟のレシピです。少し鈍いところがありますが、聡くて優しい子です。彼の職をこんな形で奪った事だけは、心の底から申し訳なく思っています」

織戸が砂袋を持ち上げるみたいにゆっくりと身体を起こして、円卓に肘を突く。左右の指を組み合わせて口元に当て、虚ろな瞳は獅子王らを映さなくなった。

「シードゥス学院の寮監に就職が決まったと報せを受けた時、癒えたはずの心がヒビ割れて、居ても立ってもいられなくなりました」

「榎田先生の抽斗の中身を盗む為に本物の寮監と入れ替わったんですか？」

弓削が織戸に恐るおそる尋ねた。

抽斗の中身。吉沢に聞いても、彼が手を尽くしても知り得ない。

知るのは榎田と織戸のみ。

織戸が薄灰色のカーディガンの背に手を入れて、ズボンの後ろポケットから封筒を抜き取った。教科書より一回り小さめの茶封筒で宛名は書かれていない。著しい変色はしていないが、くすんだ風合いから経年を感じる。

彼は封筒を円卓に置き、上に置いた手を握り込んだ。

「これは、虐待の証拠です」

「まさか」

獅子王達は言葉を失った。

「彼が提案した虐げ方で、私を辱めるものが幾つかありました。制服を奪われたり、動物の真似をさせられたり……聞くのも気分が悪いですね。申し訳ありません」

「貴方が謝る事ではない」

怒りで腸（はらわた）が煮え繰り返りそうだ。獅子王はきつい言い方をした自責の念に駆られ、下を向いた。眉間（みけん）に皺（しわ）が寄って硬くなるのを感じた。

「榎田は私の憐（あわ）れな姿を写真に撮っていました。当時から、彼の関与を口外すれば学院中にばら撒（ま）くと言って脅しの材料にしていたのです。保険のつもりで処分せずにいたのでしょう」

「それって、何かの罪にはならないの？」

弓削が身を乗り出す。日辻も憤然と前のめりになった。

「今からでも訴えて謝らせる事は出来ますよね」

「時効になるのだろうか。民事だったら裁判を起こせるのでは？」

獅子王の提言に、二人が同時に目を見開いて光明を得たような顔をする。

織戸が封筒の上で指を解（ほど）く。

「私を警察に突き出すつもりで問い詰めているのだと思いましたが」

「だって、許せません」

弓削が持ち前の豊かな表情で憤慨する。すると、織戸は弾かれたように笑い出した。

「寮監——じゃなかった。えーと、織戸さん？」

日辻が困惑して呼びかける。笑い声は学習室のがらんどうに響いて、窓の外の星まで瞬かせたように見えた。

織戸は一頻り笑って咳き込んだかと思うと、眦に涙を溜めて微笑んだ。

「学院に来た時は、榎田を道連れに死ぬ事も考えていました。その前に罪の証拠を手に入れてやろうと思って、探偵を利用して宿舎に忍び込んだのです。写真を見付けて、いよいよ全校生徒に暴露して二人で心中する時が来たと思いました」

「駄目です」

獅子王は思わず織戸の手首を摑まえた。織戸の体温は低い。獅子王は手に力を入れて、指先で脈を確かめた。

「大丈夫、死ぬのはやめました。予定外の事件が起きましたから」

織戸が優しく獅子王の手を開く。

「榎田は傷害の罪に問われ、免職になるでしょう。しかし、真の動機も盗まれた物も警察に話せません。彼が退職後も尊敬される教師で在り続ける為には、同僚の横暴を誅した人格者を演じるしかないのです。一生、私の幻影に怯えて暮らすといい」

彼は封筒をズボンのポケットに仕舞って、戸口の方へ歩き出した。

不意に立ち止まった忘れ物棚にラテン語の辞書が取り残されている。ペン、消しゴム、ハンカチ、キーホルダー、中には変色して曇った瓶、積もった埃が固まって箱に張り付いてしまった定規などもある。

「シードゥス学院は私にとって欺瞞に満ちた監獄で、教師も生徒も敵でしかありませんでした。皆、榎田の存在を認めて私を地獄に突き落とした」

独白めいた織戸の記憶は怨嗟の残り火を宿している。

獅子王がしてもらったように、彼にも弓削や日辻、そして織戸のような人がいたなら、若しくは当時から水上と腹を割って話せていたら、彼は学院で健やかに過ごせたのだろうか。学生時代の彼の傍に自分がいられなかった事がもどかしい。

織戸が扉の前に立ち、肩越しに振り返った。

「許さないでくれて、ありがとう」

獅子王は椅子を鳴らして立ち上がった。日辻と弓削も次々と腰を浮かせる。

「君達は、本物の紳士になって下さい」

織戸が相好を崩した。

彼が学習室から去って暫くの間、三人はその場に立ち尽くしていた。

「笑ってた」

「うん」

「嬉しそうに見えた」

「オレも」

「！」

獅子王は唐突に思い立って、窓辺に走った。

鍵を外して窓を開けると涼やかな秋風が通り抜ける。下方の暗闇に目を凝らしても、暗い夜道に人影は見付からない。

その時、暗闇に明るく光が点った。

それは煌々と炎を上げ、程なくして地面に落下して消えた。

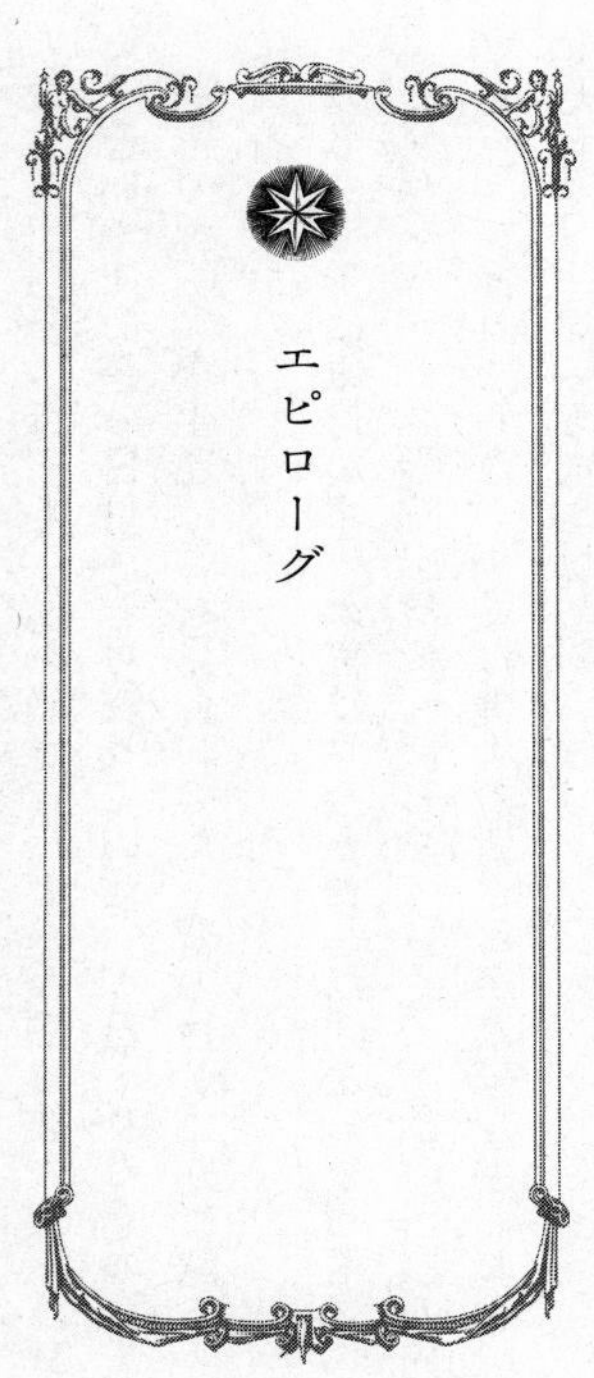

エピローグ

居間(コモンルーム)から廊下まで人が溢(あふ)れている。

「初めまして、天堂(てんどう)レノと申します」

寮生も用務員の行田も、狐に摘(つま)まれたような顔で彼の挨拶(あいさつ)に耳を傾けた。

「手違いで任命書の日付が一月遅れていた。本日より青寮の寮監を務めて頂く」

瀬尾の説明に寮生達は顔を見合わせた。皆の目が雄弁に語る——昨日までいた寮監は何者だったのか。

彼らの様子に気付かず、天堂はおっとりした面差しを興奮気味に紅潮させた。

「従兄(いとこ)がシードゥス学院出身で、優しくて賢くて、私の自慢の先生です。この学院は私にとって憧(あこが)れでした。小さな紳士の皆さんが未来を学ぶお手伝いが出来る事、光栄に思います。よろしくお願い致します」

「よろしくお願いします」

瀬尾を筆頭に寮生が挨拶を返して拍手を送る。

革の大きなトランクを抱え、行田に連れられて行く天堂を、獅子王は廊下の隅から拍手で送り出した。日辻と弓削も訳知り顔は自重したが、横目に視線を交わさずにはいられない。

「獅子王、日辻、弓削」

「寮長！」

瀬尾に声を掛けられて、三人は壁に沿って背筋を伸ばした。後ろめたいところがなくとも、秘密は人を緊張させる。

彼らの歪な反応に瀬尾は眉を顰めたが、三様にぎこちない笑みで誤魔化すと、瀬尾は瞬きひとつで諦めてくれた。そして、尋ねる。

「ラジオの使い方を知っているか？」

本書は書き下ろしです。

私立シードゥス学院

小さな紳士の名推理

高里椎奈

令和2年 10月25日　初版発行

発行者●青柳昌行

発行●株式会社KADOKAWA
〒102-8177　東京都千代田区富士見2-13-3
電話　0570-002-301（ナビダイヤル）

角川文庫 22387

印刷所●株式会社暁印刷
製本所●本間製本株式会社

表紙画●和田三造

ISBN 978-4-04-109871-4　C0193

◇◇◇

角川文庫発刊に際して

角川源義

第二次世界大戦の敗北は、軍事力の敗北であった以上に、私たちの若い文化力の敗退であった。私たちの文化が戦争に対して如何に無力であり、単なるあだ花に過ぎなかったかを、私たちは身を以て体験し痛感した。西洋近代文化の摂取にとって、明治以後八十年の歳月は決して短かすぎたとは言えない。にもかかわらず、近代文化の伝統を確立し、自由な批判と柔軟な良識に富む文化層として自らを形成することに私たちは失敗して来た。そしてこれは、各層への文化の普及滲透を任務とする出版人の責任でもあった。

一九四五年以来、私たちは再び振出しに戻り、第一歩から踏み出すことを余儀なくされた。これは大きな不幸ではあるが、反面、これまでの混沌・未熟・歪曲の中にあった我が国の文化に秩序と確たる基礎を齎らすためには絶好の機会でもある。角川書店は、このような祖国の文化的危機にあたり、微力をも顧みず再建の礎石たるべき抱負と決意とをもって出発したが、ここに創立以来の念願を果すべく角川文庫を発刊する。これまで刊行されたあらゆる全集叢書文庫類の長所と短所とを検討し、古今東西の不朽の典籍を、良心的編集のもとに、廉価に、そして書架にふさわしい美本として、多くのひとびとに提供しようとする。しかし私たちは徒らに百科全書的な知識のジレッタントを作ることを目的とせず、あくまで祖国の文化に秩序と再建への道を示し、この文庫を角川書店の栄ある事業として、今後永久に継続発展せしめ、学芸と教養との殿堂として大成せんことを期したい。多くの読書子の愛情ある忠言と支持とによって、この希望と抱負とを完遂せしめられんことを願う。

一九四九年五月三日

うちの執事に願ったならば

高里椎奈

それぞれの理想がすれちがう、新米主従のミステリ!

烏丸家当主を継いで一年以上が過ぎ、執事の衣更月と衝突しながらも奮闘する花穎。大学が夏休みに入り仕事の傍ら、石漱棗の誘いを受けて彼の地元を訪ねることに。友人宅でお泊まりという人生初めてのイベントに心躍る花穎だが、道中トラブルに巻き込まれてしまい……!? 一方で同行を許されない衣更月は、主人を守るために取るべき行動の限度について悩んでいた。若き当主と新米執事、不本意コンビが織りなす上流階級ミステリ!

角川文庫のキャラクター文芸

ISBN 978-4-04-105271-6